二見文庫

理想の玩具

橘　真児

目次

理想の玩具

第一章　こんなときにはオナニーだ

1

「ああ、セックスしたいなあ」
初っ端から身も蓋もないことを口にしたのは、柿谷益男《かきたにますお》。年は二十三歳だ。
大学は出たものの就職できず、フリーアルバイターとして生計を立てている。
ついでにペニスも勃《た》てており、平日の真っ昼間からそれを握りしめ、悶々としていた。
勃起したのは、何かエロチックなものを見聞きしたからではない。
夏の暑さがようやく和らいだ九月。益男は独り住まいのアパートの窓を開け、ぽかぽか陽気を浴びていた。

彼の部屋は二階である。外の道路を見おろすと、自転車が通りかかった。荷台に据え付けたシートに幼児を乗せた、ごく普通のお母さんが漕ぐものだ。

益男はそれを見てふと思った。子供がいるということは、あの奥さんはセックスしたんだなと。

途端に、彼の海綿体は充血したのである。血気盛んな男子中学生だって、その程度のことでは勃起しないだろう。

益男には、恋人がいない。生まれてこの方、いたためしがなかった。よって、未だ童貞である。だから冒頭の発言は、彼にとって非常に切実なものだったのだ。そこに至る経緯はともかくとして。

今日はバイトが休みで、益男は六畳1Kの安アパートにひとりでいた。ムラムラしても、独り身だから気楽なもの。人目をはばかることなく発散できる。

しかも、お好みの方法で。

「よし、こんなときにはオナニーだ」

そんな露骨な台詞《せりふ》を口にしても、誰も聞いていないから平気である。まあ、こういう慎みと品性に欠けるところが、女性にモテない原因かもしれなかった。

益男はさっそくズボンとブリーフを脱ぎ去った。すでに下腹にへばりつくほど反り返っている息子を慰めるのは、右手ではない。

下半身まる出しのみっともない恰好で、彼が押入れの衣装ケースから取り出したのは、ラップに包まれたピンク色の物体だ。

重みがあってぶにぶにしたそれは、いびつな円柱形をしている。大きさは片手で持てるほど。

ラップを剝《は》がすと、柱の底部分に奇妙なかたちの浮彫りがある。益男は実物を見たことがないけれど、剝《む》き身の貝を連想させるそれは、明らかに女性器だ。

そして、膣部分にはちゃんと穴が空いており、ペニスを挿《い》れることができる。

物体は柔らかで弾力のあるシリコン製。男性が自慰に用いる器具であり、オナニーホールと呼ばれるもの。略称は〝オナホ〟だ。

近ごろでは未来的でお洒落な外観のものもあるが、益男が愛用しているのは昔からあるタイプである。昨今流行りの使いきりタイプと異なり、洗って何度も使えるのがいい。

本物の女性器なら、挿入前に愛撫して濡らさねばならない。だが、オナホが自ら濡れることはないので、潤滑液が必要になる。

益男はそのための三六〇ミリリットル入りお徳用ローションも所有していた。オナホの挿入口と、いきり立つ分身の両方に海藻素材の粘汁を垂らす。

「うふふ。気持ちよくしてあげるからね」

気分を高めるために、そんなことをつぶやく。もちろん、挿入されてもオナホは何も感じない。気持ちいいのは彼だけなのだ。

そうして、疑似女陰と亀頭尖端をこすり合わせる。ローションのヌルヌル感がたまらない。もはや一時も辛抱できず、シリコンの膣を深々と貫いた。

ぢゅぷり――。

濡れ穴が卑猥な粘つきをたてる。内部にこしらえられた人工ヒダが、敏感な部分をにゅるにゅると摩擦した。

「おおお」

益男はたまらず声をあげた。

まったく、なんて気持ちいいのだろう。細やかな凹凸のぷちぷち具合といったら、本物の女性器以上ではないのか。

と、童貞のくせしていっぱしのことを考える。

ともあれ、締めつけ具合も自分で調節できるし、この快感を知ったら、とても普通のオナニーには戻れない。右手など、到底オナホの敵ではないのだ。まったくシリコン様々だ。

　快感を得る道具は装着した。あと必要なのは、昂奮を高めるためのイマジネーション。要はズリネタである。

　彼の脳裏に浮かんだのは、隣の部屋に住む色っぽい人妻であった。

「ああ、真由美《まゆみ》さん――」

　ひとりっきりなのをいいことに、ズリネタにする女性の名前を口にして、気分を高める。勃起したイチモツに被せた、ピンクのオナホを上下させながら。これが彼女のアソコなのだと思い込むことで、背すじがゾクゾクした。

　隣は夫婦ふたりの住まいである。六畳一間では狭かろうと思うのだが、いずれ家を買うために倹約しているとのこと。そのため、旦那の煙草代も減らしてるのよと、他ならぬ奥さん自身から聞かされた。

　隣の人妻である三崎《みさき》真由美は、そういうこともあっけらかんと打ち明ける、気さくなひとであった。年齢も隠すことなく、三十歳よと教えてくれた。

　そのとき、お若く見えますねと益男が言ったら、彼女は、「お世辞でも嬉しいわ」と朗らかに笑った。しかし、決してお世辞ではなかった。

だいたい、童貞の益男に、女性をおだてるような手練手管があるはずない。そんなものがあったら、とっくに恋人を得て初体験を遂げている。

実際、真由美は若く見えた。色白で肌が綺麗だし、何より潑剌《はつらつ》とした笑顔がチャーミングだったのだ。

ただ、さすがに人妻。滲み出る色気もかなりのものである。

彼女は、普段はジーンズにTシャツ、あるいはスウェットの上下といった、ラフな恰好でいることが多い。それでも、出るところの出たボディの魅力が損なわれることはなかった。

三十路のボディは、特に下半身が充実している。身を屈めたところを真後ろから目撃しようものなら、ボトムがパンパンになった熟れ尻に心を奪われるのが常だった。そこにパンティラインでも浮かんでいようものなら、たちどころに大勃起である。

この夏も暑い日が多かったが、隣の三崎家は電気代の節約のため、エアコンなど使わなかった。我慢できなかったら扇風機というぐらいに徹底していた。

そうなれば、服装も肌の露出が多くなる。真由美もショートパンツにタンクトップという軽装が主であった。

むっちりした肉感的な太腿があらわな上、タンクトップも襟ぐりが大きく開き、乳房のふくらみや谷間が強調されていた。まさに〝歩くセクシーダイナマイト〟と言っていい。目の毒であり、股間にも毒だ。

実際、そんな彼女と通路ですれ違うたびに、益男は甘い汗の香りにも幻惑され、部屋に飛び込んでオナニーをした。せずにいられなかったのだ。

そう言えば、こんなこともあった。

ある日、隣室のドアが開いていたので何気なく覗いたところ、奥で麗《うるわ》しの人妻が、タンクトップにパンティのみのあられもない姿で、お昼寝をしていたのである。風通しをよくしたまま、つい眠ってしまったらしい。

そんな無防備な場面を目撃すれば、ひょっとして誘っているのかと考えるのが男というもの。益男はナマ唾を飲み、ついフラフラと部屋に入りそうになった。

しかし、童貞ゆえに寝込みを襲う度胸などない。彼女の下着姿を他のひとに見られないようドアを閉め、部屋に戻って猛《たけ》るペニスをしごいたのである。

(色っぽかったなあ、真由美さん)

夏の日に目撃した人妻のしどけない昼寝姿を思い返し、益男はオナホで分身を摩擦した。ローションでたっぷりと潤滑したから、グチュグチュと猥雑な音がたつ。

オナホには、中心のホール部分が反対側まで空いている貫通タイプと、一方が塞がった非貫通タイプがある。益男が愛用しているのは後者で、内部に溜まった空気が、時おりブポッと放屁みたいな音をたてて漏れた。

(これがマン屁ってやつか)

などと、童貞のくせに知ったふうなことを考えて嬉しがる。気分を出すために横臥し、オナホを固定して腰を動かすなんてこともやってみた。

(ああ、こんなふうに真由美さんとセックスしたいなあ)

彼女のアソコはどんな具合なのだろう。あのむちむちした女らしいボディを抱きしめて腰を振ったら、あまりに気持ちよすぎてたちまちイッてしまうのではないか。そんな場面を脳裏に描くだけで、爆発しそうになる。

真由美の夫は長距離トラックの運転手である。日本全国を走り回っているため、不在のことが多い。そのため、帰ってきたときには夫婦で激しく求めあう。

古いアパートだから、隣の声など筒抜けだ。夫に貫かれてあられもなくよがる人妻の艶声に、いったい何度ムラムラさせられたことか。普段の明るくて気さくな性格が嘘のように、彼女は乱れまくるのだ。

そういうとき、益男は隣との壁に耳を押し当て、羨望と嫉妬に身悶えながらオナニーをする。

ナマのセックス声はアダルトビデオにはない生々しさがあり、一度の射精ではとても治まらない。隣の夫婦が果てるまで、猿のようにカキ続ける。自分が色っぽい人妻と交わっているつもりで。

そんなことがあった翌日は、真由美はやけに機嫌がいい。お肌もツルツルで、腰回りもいっそう充実しているように見える。

旦那とのセックスがそんなによかったのかと、益男は妬ましくて仕方がない。そのくせ、眩しいほどの艶っぽさにドキドキし、またオナニーに耽るのだ。

このアパートに越してきて、三崎夫婦のお隣になってからというもの、益男のズリネタはもっぱら彼女であった。アダルトビデオやエロ本を使っても虚しいばかり。やはりナマ身の女性に敵《かな》うものではなかった。

たとえ、まったく手が出せないとしても。

今も益男は真由美のあられもない姿を思い返し、また、それ以上に破廉恥な場面を妄想して、劣情を高めていた。オナホによってもたらされる快感が急角度で上昇し、射精へのカウントダウンが開始されたとき。

「い、イヤッ、誰かーっ!」

隣から甲高い悲鳴が聞こえる。それは紛れもなく、愛しの人妻の声であった。

(な、何だ!?)

益男は仰天して飛び起きた。

「ああん、もう、誰か……お願いよぉ」

隣から聞こえる真由美の声は、明らかに助けを求めていた。ひょっとして、暴漢にでも侵入されたのか。

そう言えば、近ごろ近隣で変質者が出没していると聞いた。下半身を見せる露出狂だが、そいつが美しい人妻に我慢できなくなり、襲いかかったのではないか。

(助けなきゃ——)

オナニーなどしている場合ではない。益男は急いでブリーフとズボンを穿くと、手近にあった武器になりそうなものを引っつかみ、部屋を飛び出した。腕っぷしに自信はないし、正直ビビっていたものの、とにかく真由美を救いたいという一心で。

「だいじょうぶですか、真由美さんっ!」

声を張りあげて隣のドアを開けるなり、益男はフリーズした。入ってすぐのところに真由美がいたのであるが、彼女は濡れ鼠であったのだ。それこそ、着ていたTシャツがべったりと張りついて、肌を透かすほどに。

いや、肌だけではなかった。白無地の胸もとに、紫がかったピンク色の乳頭が、くっきりと浮かんでいたのである。部屋にいる気やすさからノーブラでいたらしい。

(ああ、真由美さんのおっぱい……)

豊かな盛りあがりもいっそうリアルで、ゴクッとナマ唾を飲む。思わず手をのばしそうになったとき、

「ああ、よかったわ。益男君、助けてちょうだい」

藁《わら》にも縋《すが》る面持ちの人妻から声をかけられ、ようやく我に返る。

「あ――ど、どうしたんですか?」

「ほら、蛇口が壊れちゃって」

指差すほうを振り返れば、玄関を入ってすぐのところにあるキッチンの、水道の蛇口にタオルが巻かれている。その隙間から、水が縦横にピューピューと噴き出していたのだ。何しろ古いアパートだから、水回りもガタが来ていたのだろう。

このままではキッチンが水浸しだ。何とかしなければと思ったところで、手に握り締めていたものに気がつく。今しがた使っていたオナホであった。

（ったく、何だってこんなものを持ってきたんだよ……）

オナホなど武器になるものか。こいつが倒せるのは勃起したペニスのみ。敵をやっつけることなど不可能だ。

情けなさに苛《さいな》まれたものの、不意に妙案が閃《ひらめ》く。

（あ、そうか。これで――）

益男は巻かれていたタオルをはずすと、噴き出す水をかぶりながらオナホを蛇口に被せた。伸縮性があるから、どうにか覆うことができる。その上からタオルを巻いて縛り、さらに真由美から紐を借りてぐるぐる巻きにすることで、どうにか水を止めることができたのである。

2

その晩、益男の部屋を真由美が訪ねてきた。

「昼間はありがとう。おかげで助かったわ」

にこやかに言われ、益男は「いえ、どうも」と頭を下げた。

オナホのカバーで水の噴出がいちおう止まったので、真由美はすぐに大家と連絡を取った。間もなく業者がやって来て、無事に蛇口を修理してもらえたようである。

「あのとき、益男君が水を止めてくれなかったら、どうなってたかわからないわ。本当にありがとう」

「いいえ、困ったときはお互い様ですから。ちゃんと直ったみたいでよかったです」

「ええ、おかげ様で」

感謝の微笑を浮かべる真由美を、益男はまともに見られなかった。チャーミングな笑顔が眩《まぶ》しかったのは毎度のことながら、あれが何なのか彼女に気づかれたらどうしようと、不安で仕方がなかったのだ。

あれとはもちろん、水を止めるために使ったオナホのことである。

ピンク色の柔らかな物体は、ぱっと見では何なのかわかるまい。だが、女性器を模したレリーフがあって、しかも穴まで空いているのだ。女性には縁のないものでも、オナニー用の器具だとピンとくるのではないか。

(蛇口を修理したひとが、もういらないだろうと捨ててくれたらいいんだけど)

愛用していたものだけに、この手に戻らないのは惜しいと言えば惜しい。だが、真由美にあんなもの使って自慰に耽っていたことがバレて、侮蔑の目で見られるよりはずっとマシだ。

「ところで、ちょっとあがらせてもらってもいい？」

真由美の申し出に、益男は戸惑いながらも「あ、どうぞ」と招き入れた。何の用事なのかと深く考えもせずに。急いで部屋に入ると万年床を折りたたみ、一枚しかない座布団を彼女に勧めた。

「ど、どうぞ」

「ありがとう」

人妻は脚を横に流して座布団に座った。特に改まった話があるわけではないらしい。ただ、向かいにいる益男はどぎまぎせずにいられなかった。

真由美はポロシャツに、ボトムはジーンズのミニスカートという軽装だった。そのため、むっちりした色白の太腿が、ほぼあらわになっていたのである。

三十路の色気が滲み出るそこだけでも目の毒だというのに、股間に隙間ができており、下着のクロッチ部分まで見えている。白いパンティはかなり喰い込んでいるようで、中心に卑猥な縦ジワを刻んでいた。

色っぽい人妻の生パンチラ。そこからかぐわしい秘臭が漂ってくる気すらして、益男は目も心も奪われた。海綿体に劣情の血液がドクドクと流れ込む。

「実は、益男君に謝らなくちゃいけないことがあるのよ」

真由美の言葉で、益男はパンチラから現実に引き戻された。

「え？」

顔を上げると、彼女が済まなそうな面持ちで、後ろに持っていたものを差し出す。ビニール袋に入ったピンク色のそれは、間違いなくオナホであった。

「これ、水道屋さんが蛇口からはずすとき乱暴にしたから、裂けちゃったの」

「あ、ああ、いえ――いいんですよ、そんな。もういらないものなんですから」

作り笑顔で答えつつ、益男は高鳴る胸の鼓動を持て余した。

壊れたのは、たしかに残念である。だが、そんなことよりも、その物体が何なのかを真由美が理解しているのかどうかが気がかりだ。

(どうか気づいてませんように)

心の中で祈る。彼女から馬鹿にされることになったら、もうここにはいられない。

「大切なものなんじゃないの？」

「いや、ただのシリコン製のオモチャなんですから。握って、ぶにぶにした感触を愉《たの》しむだけの」

決していやらしいことに使うものではないと、懸命に誤魔化す。しかし、人妻は怪訝そうに首をかしげた。

「だけど、ないと困るんじゃないの？　益男君だって健康な男の子だから、こういうもので欲望を処理しないとつらいだろうし」

言われるなり、瞼の裏がジワッと熱くなる。優しさに感激したわけではない。やはり知られていたことがわかり、絶望に苛まれたのだ。

（ああ、やっぱりこれを使ってオナニーしてたことがバレてるよ……）

恐れていたことが現実となる。情けなくて、その場から消えてしまいたかった。

すると、真由美が脚を崩す。肉感的な熟れ腿の奥、白いパンティがさらに覗けて、心臓がバクンと跳ね躍った。

彼女はそんなことなど気にせず、益男のほうににじり寄ってくる。

「益男君のおかげで、わたしはとても助かったんだもの。だから、今度はわたしが益男君を助けてあげる番だわ」

「……た、助けるって？」

「益男君、これでオナニーしてたんでしょ？　だから、わたしが代わりに手伝ってあげる」

魅力的な人妻が、ストレートな言葉を口にしたことに驚かされる。そして、手伝ってあげるの意味を理解して、益男はうろたえた。

「て、手伝うって、そんな――」

「それとも、わたしじゃ気持ちよくなれないかしら？」

真由美がそっと手をのばす。戸惑いとは裏腹にいきり立ち、不恰好なテントをこしらえていた牡の股間に、白くて柔らかな掌《てのひら》がかぶせられた。

「あ、お――奥さん」

益男は反射的に腰をよじった。ズボン越しとは思えない快さに目がくらみ、頭に血が昇る。

「いい子だから、じっとしてなさい」

三十路の人妻が、牡の性器をモミモミと愛撫する。八割がたふくらんでいたそこが、完全勃起した。

「オチ○チン、鉄みたいに硬くなったわ。素敵よ。やっぱり若いのね」

嬉しそうに言われ、羞恥に頬が熱くなる。ただ、褒められたことで誇らしさを覚えたのも事実だ。

「じゃ、見せてね」

真由美がズボンに手をかける。益男はほとんど反射的に尻を浮かせた。恥ずかしいのに見られたいと、矛盾した昂ぶりを覚えたのだ。

ズボンが中のブリーフごと奪われる。下半身すっぽんぽんとなり、股間に聳える童貞ペニスがモロ出しとなった。

（ああ、見られた）

さすがに誇らしさを感じる余裕などなくし、両手で隠した益男であったが、

「ダメよ。ちゃんと見せなさい」

真由美に手をはずされてしまう。いきり立つ肉棒に、彼女の視線が遠慮なく注がれた。

「元気ねえ。アタマのところ、パンパンに腫れちゃってるわ」

目を細め、愉しげに口許をほころばせる美しい人妻。しなやかな指を、筋張った肉胴に巻きつけた。

「くあああッ」

ナマの分身を初めて女性に握られたのだ。今にも溶けそうに気持ちがいい。

鼻息が荒ぶり、益男は少しもじっとしていられなかった。無意識に腰を浮かせ、

左右にくねらせてしまう。

「あうう、お、奥さん」

早くも昇りつめそうになり、たまらず呼びかける。すると、握りが緩められた。

「ビックンビックンしてるわ。すごく敏感みたいね」

感心したふうにうなずいた真由美が、ふと小首をかしげる。

「益男君、ひょっとして童貞なの？」

握られただけでイキそうになったのだ。もはや取り繕うことは困難である。

「は、はい。そうなんです」

益男は素直に認めた。みっともないと自己嫌悪に陥ることなく。優しい人妻は、どんなことでも受け入れてくれそうに感じられたのだ。

「やっぱりね。オチ○チン、とっても綺麗な色してるもの」

慈しむ眼差しに、ああ、やっぱり思い通りのひとだと嬉しくなる。

「じゃ、感じさせてあげるわね」

再び握りが強められ、手が小刻みに上下する。目の奥に歓喜の火花が飛び散り、座っていることが困難になった。

「ああ、あ、そんな——」

呻《うめ》くように言い、益男は畳に仰向けで寝そべった。のばした手足をピクピクとだらしなく痙攣させ、生まれて初めて他人から与えられる快感に酔いしれる。

(ああ、なんて気持ちいいんだ)

オナホなど目じゃないと確信する。どれだけの技術を以てしても、やはり本物の女性には敵わないのだ。

「ねえ、あのエッチなオモチャと、わたしの手と、どっちが気持ちいい?」

真由美の問いかけに、益男は少しも迷うことなく、

「奥さんの手です」

と、断言した。

「本当に? だったらよかったわ」

彼女は満足げにペニスをしごく。いかにも手慣れた愛撫は、人妻ゆえなのか。

(うう、チ○ポが溶けるみたいだ)

それは決して大袈裟な感想ではなかった。すぐにでもほとばしらせたいぐらいに、益男は高まっていたのである。

しかし、こんなに早くイッてはもったいない。この極上の快楽をもっと味わっていたいと、懸命に堪える。

クチュクチュ……ニチャ――。

とめどなく溢れるカウパー腺液が滴り、上下する包皮に巻き込まれて泡立つ。指の側面が時おり亀頭粘膜に触れると、鋭い快美感に腰がビクンとわなないた。

「なんか、また硬くなったみたいだわ」

真由美が悩ましげにつぶやく。分身が今にも破裂しそうに漲《みなぎ》っているのは、益男も自覚していた。

「お汁もこんなにこぼして……ねえ、もうイッちゃいそうなんじゃない？」

「あ、はい」

素直に認めたのは、いよいよ忍耐が危うくなっていたからだ。玉袋も固く縮こまり、睾丸が下腹にめり込みそうだ。

「じゃあ、このまま手で出せばいい？　それとも――」

思わせぶりな眼差しに、淫らな期待がふくれあがる。彼女が次の言葉を口にする前から、益男はその内容を察していた。

「お口で気持ちよくしてもらいたい？」

人妻の手コキはたしかに素晴らしい。けれど、フェラチオはもっといいに決まっている。その場面を想像するだけで、爆発しそうになった。

「あ、あの、口で――」

寝そべっていた益男は、気が急いて上半身を起こしかけた。すると、真由美が《寝てなさい》というように顎をしゃくる。

「それじゃ、お口でしてあげる。我慢できなくなったら、いつでも出していいわよ」

許可を与えてから、彼女は顔を伏せた。そそり立つ牡茎の真上に。

チュッ――。

尖端にキスをされ、甘美な電流が背筋を走る。さらに舌をてろてろと回され、くすぐったさの強い快感に目がくらんだ。

「ああ、あ、奥さん」

益男は腰をぎくしゃくと上下させた。

真由美がこちらをチラッと見る。満足げに目を細め、頭をそろそろと下げた。温かく濡れた中へ、屹立が徐々に入り込む。半ばまで含まれたところで、舌がねっとりと絡みついた。

（あうう、ヤバい）

敏感なくびれ部分を狙ってねぶられ、チュパッと吸いたてられる。さらに、指の輪が硬い筒肉を上下にこするのだ。

（これがフェラチオなのか！）

肉根全体が蕩ける快美にまみれる。泣きたくなるほどに気持ちいい。

初めての口淫奉仕に、たちまち限界が迫る。悦楽のトロミがペニスの根元に溜まり、早く出たいと暴動を開始した。

（あ、あ、出ちゃう）

益男は身をよじり、迫りくるオルガスムスに抗った。すぐに果ててしまっては、みっともないしもったいない。

しかしながら、童貞の身で人妻からねちっこいおしゃぶりを施されているのだ。容易に耐えられるはずがない。

「ん……ンふ」

真由美が頭を上下させ、引き絞った唇で筒肉を摩擦する。ぢゅ、ぢゅぷッと卑猥な音が口許からこぼれるたびに、快感がぐんぐん高まった。

「も、もう出ちゃいます」

観念して窮状《きゅうじょう》を伝えても、彼女はオーラル性交をやめなかった。いつでも出していいと許可を与えたから、このまま口の中に出させるつもりらしい。

（いいんだろうか……）

駄目にしたオナホの代わりにオナニーを手伝うと言われたけれど、さすがにそこまでしてもらうのは畏《おそ》れ多い。

というより、これはもはやオナニーではない。益男はためらいを禁じ得なかった。

だが、人妻の指が陰嚢《いんのう》をすりすりと撫でたことで、後戻りできないところまで追いやられる。

「ああぁ、奥さんッ！」

牡の急所が性感ポイントであることを、益男は初めて知った。ムズムズする快さで、フェラチオの気持ちよさが極限まで高められる。目の奥が絞られ、全身に蕩ける歓喜が行き渡った。

「くうううう、で、出る――」

呻くように告げるなり、頭の中が真っ白になる。腰が意志とは関係なく跳ね躍り、ペニスの中心を熱い滾《たぎ》りが駆け抜けた。

びゅくんっ――。

雄々しくしゃくり上げた筒肉が、牡のエキスを勢いよくほとばしらせる。真由美はそれを舌で巧みにいなしながら、指の輪を忙しく上下させた。

（ああ……すごすぎる）

脈打つ分身が極上の快楽にまみれる。益男は最後の一滴まで、深い悦びにひたって射精することができた。

「くはっ、は――ハァ……」

呼吸が荒ぶる。からだのあちこちが、ピクッ、びくんと痙攣した。

気怠い余韻に包まれ、益男は畳の上に手足をのばした。それは、これまでで最高のオルガスムスであった。

「すごくいっぱい出たわよ」

声をかけられてハッとする。いつの間にか、麗しの美貌が覗き込んでいた。

「あ、お、奥さん」

「気持ちよかった？」

「はい。すごく」

「そう。だったらよかったわ」

人妻がニッコリと笑う。思いやりと優しさに触れ、涙ぐみそうになった益男であったが、ふと気がつく。

(真由美さん、おれのを飲んだのか？)

彼女が精液を吐き出した様子が、まったくなかったのだ。

「あ、あの、おれの——飲んだんですか？」

益男が怖ず怖ずと訊ねると、真由美が小首をかしげた。

「ええ、そうよ」

どうしてそんなことを訊ねるのかしらというふうに、目をパチパチさせる。

「ど、どうして!?」

「だって、若いひとの新鮮なザーメンなんだもの。無駄にしたらもったいないわ。それに、温かくて美味しかったから」

あんな青くさいだけの代物が美味しいだなんて、とても信じられない。だが、彼女は不快感など少しも見せず、淫蕩な笑みすら浮かべている。

(男と女では味覚が違うんだろうか？)

益男がそんなことを考えたとき、人妻が唾液に濡れたペニスを摘まむ。多量に放精したそこは尖端に雫《しずく》を光らせ、力なくうな垂れていた。

「小さくなっちゃったわね……」

真由美がつぶやく。どこか残念そうに聞こえたものだから、益男はもしやと思った。

(真由美さん、おれとセックスするつもりだったのか?)

童貞であることを打ち明けたから、筆おろしを買って出るつもりだったのかもしれない。けれど、シンボルが完全に萎えてしまい、残念がっているのではないか。

柔らかな指で摘まれた柔茎は、ムズムズする快さを得ている。だが、すぐに復活する気配はない。このままだと、彼女は諦めて、自分の部屋へ帰ってしまうだろう。

(また勃たせれば、やらせてくれるかもしれないぞ)

ここはどうあっても美しい人妻と初体験をしたい。益男は懸命に念を送ったものの、分身はピクリとも反応しなかった。

(ああ、せっかくのチャンスなのに……)

いつもなら続けざまのオナニーだって可能なのに、肝心なときに役立たずとは。

不肖のムスコを嘆いたとき、ふと名案が浮かぶ。

「あの、奥さんにお願いがあるんですけど」

「え、なに?」

「さっきも言ったけど、おれ、童貞なんです。だから、女性のアソコを見たことがなくって……よかったらですけど、奥さんのアソコを見せてくれませんか?」

このおねだりに、真由美は「んー」と首をひねった。明らかに迷っているふうである。射精させることは厭《いと》わずとも、自身の秘部を晒すことには抵抗があるようだ。

だが、諦めるわけにはいかない。初体験がかかっているのだから。

「お願いします。こんなこと、奥さんにしか頼めないんです」

寝そべったまま懸命にお願いすると、彼女はため息をついた。

「わかったわ」

仕方ないというふうにうなずく。恥ずかしいから見せたくないというより、これ以上の進展をためらっているふうだ。

(あれ、それじゃ、セックスまでさせる気はなかったのかな?)

性器を見せることすら躊躇しているのだ。早合点だったのかもしれない。

しかし、駆け引き次第で童貞卒業も夢ではあるまい。うまくやらなければと、益男は鼻息を荒くした。

3

「それで、どうやって見せればいいの？」

真由美の問いかけに、益男はちょっと考えてから要望を述べた。

「ええと、下着を脱いで、おれの上に乗ってもらえませんか。おれとは反対向きで、おしりを顔のほうにして」

シックスナインの体勢を求めると、彼女は頬を赤くしてうろたえた。

「そ、そんな恥ずかしい恰好で⁉」

男の顔の真ん前で、羞恥部分を全開にするのだ。秘苑だけでなく、アヌスまでも晒すことになる。

だからこそ、益男はそれを望んだのだ。

「おれ、前から奥さんに憧れていました。アパートの廊下ですれ違ったときとか、奥さんのおしりによく見とれてました。とても色っぽくて、思い出して何回もオナニーをしました。だから、素敵なおしりをぜひ近くで見たいんです」

性器だけでなく、惹かれていた魅惑のヒップも拝みたいのだと訴える。

年下の若い童貞に、そこまでストレートなおねだりされたら、三十路の人妻としては受け入れざるを得ないだろう。すでにフェラチオをして、精液も飲んでいるのだから。

「もう……エッチなんだから」

つぶやくようになじり、真由美はミニスカートの下に手を入れた。ためらいを浮かべながらも白いパンティを脱ぎおろし、爪先から抜く。

「み、見るだけよ。絶対にいやらしいことはしないで」

早口で念を押すと、彼女は益男の胸を逆向きで跨いだ。嬉々としてペニスをしゃぶった大胆さとは裏腹の恥じらいが新鮮で、妙にそそられる。

「うう、恥ずかしいのに……」

呻くように言いながら、人妻が熟れ尻を後方に差し出す。丸みが益男のすぐ目の前まで迫った。

ノーパンでそんなポーズをとれば、秘められたところがまる見えだ。ミニスカートなど、あって無きが如し。

しかし、それだけでは満足できない。おしり全体を堪能したかった。

「スカートをもっとあげてもらえますか」

　さらなる要請に、真由美はのろのろと従った。ミニスカートがずり上げられ、ふっくらして丸い臀部があらわになる。

（ああ……）

　益男は心の中で感嘆の声をあげた。

　重たげな艶尻は、輝かんばかりに白い。採れたての桃を思わせる綺麗な肌には、パンティのゴム跡以外にシミも吹出物もなかった。いかにもぷりぷりして、弾力もありそうだ。

「とっても素敵なおしりです。こんな近くで、ナマで見られるなんて感激です」

　称賛の言葉も、人妻の羞恥を煽っただけらしい。お肉を左右に分ける深い谷が、視線を拒むみたいにキュッとすぼまった。

　もちろん、益男の目が向けられていたのは、おしりだけではない。

（これが真由美さんの――）

　視線を感じたのか、熟女のもうひとつの唇が、牡を誘うみたいになまめかしく収縮した。

　短めの縮れ毛が囲むのは、わずかにほころんだ淫らな華である。ややくすんだ肌が裂け目をこしらえ、二枚の花びらがハート型に開いてはみ出していた。

女性器の写真は、ネットで見たことがある。目の前の秘苑は、それらとほとんど変わらぬ形状であった。

だが、写真は実物に敵うものではない。生々しいのはもちろん、胸が揺さぶられるほどにいやらしいと感じる。何より、恋焦がれていた人妻の秘められたところだけに、背徳的な昂奮もかきたてられるのだ。

それは、むわむわと漂う悩ましい匂いのせいもあったろう。

益男はシャワーを浴びたあとだったが、真由美はまだだったようだ。女芯から、蒸れて酸味を増した汗の匂いがこぼれ落ちてくる。そこにはチーズを連想させる媚香も含まれていた。

おまけに、合わせ目に白いカスのようなものが、わずかに見て取れたのだ。

(これが女性の匂い……)

人妻が漂わせる正直な秘臭に、昂奮が天井知らずに高まる。萎えていた分身が徐々に力を漲らせるのを感じた。

性器だけではない。そこから三センチと離れていないところにあるアヌスにも、益男は心を奪われた。

(ああ、可愛い)

排泄口であることを忘れそうな、可憐なたたずまい。綺麗に整った放射状のシワは、淡いピンク色で染められていた。

（こっちはどんな匂いなんだろう）

女陰と異なり、あからさまな臭気は放っていないようである。ただ、このアパートは古いから、トイレも洗浄器付きではない。用を足したあとだとすれば、あられもない匂いが嗅げるのではないか。

美熟女の恥ずかしい秘密が暴けるかもしれない。そう考えると、益男は居ても立ってもいられなくなった。

「も、もういいでしょ？」

真由美が声を震わせて訊ねる。シックスナインの体勢で、年下の男に羞恥帯を見られているのだ。かなり恥ずかしいに違いない。

だが、ここでおしまいにしたら、脱童貞という目的が果たせない。

「あの、おしりをさわってもいいですか？」

とりあえず無難なところから許可を求める。アソコをさわりたいとねだるよりも、許してもらえそうな気がしたのだ。

「もう……ちょっとだけよ」

渋々許可を与えた真由美が、ふくらみかけたペニスを握る。勃起させるためではなく、単に間が持たなくなったからだろう。

（うう、気持ちいい）

海綿体がさらに充血するのを感じつつ、もっちりした双丘に両手をかける。肌のなめらかさと、お肉のぷりぷりした弾力がたまらない。劣情に駆られ、つい遠慮なく揉みまくってしまう。

「あ、やん、バカ」

身をよじった人妻がバランスを崩す。その隙を逃さず、益男は熟れ腰を自らのほうに抱き寄せた。

「あ、あ、ダメ——」

真由美が焦った声をあげたとき、もっちりヒップは益男の顔面へまともにのしかかっていた。頰骨が尻肉にめり込み、口許が熱く湿った女芯で塞《ふさ》がれる。

「むううっ」

反射的に呻いたのと同時に、濃密さを増したチーズ臭が鼻奥にまで流れ込んだ。熟女の性器が放つ素のままのフェロモンをまともに嗅ぎ、頭がクラクラする。

（す、すごすぎるっ！）

生々しさを高めた、どこかケモノじみた媚香。美しい人妻のものだけに衝撃的である。

ただ、そのギャップゆえに、劣情が高められたのも事実だ。

「ば、バカぁ。わたし、まだお風呂に入ってないのよ。そこ、汚れてるし、く、くさいのにぃ」

思ったとおり入浴前だった。自身の秘部があられもない臭気を漂わせていることを、彼女もわかっているのである。

ただ、それが男を昂ぶらせることまでは、理解していなかったらしい。

「え、嘘――」

驚きの言葉を発し、牡のシンボルを握った手に力を込める。柔らかな指が巻きついた筒肉は、鋼鉄のごとく強ばりきっていた。

「こんなに硬くなっちゃった。益男君って、本当におしりが好きなのね」

普段から真由美のヒップに見とれていたことを打ち明け、さわりたいとおねだりしたのである。そのことを思い出し、尻フェチだと判断したようだ。たしかに、顔に重みをかける臀部の柔らかさと、なめらかな肌ざわりにも心を奪われていた。

ここはおしり目当てだと思わせておくほうがいい。正直な秘臭に昂奮していると知ったら、変態扱いされるだろうから。

益男はボリューム満点の熟れ尻に限界まで顔を埋め、快い窒息感を堪能した。

「もう……益男君、昂奮しすぎよ」

荒ぶる鼻息を感じたらしく、真由美が悩ましげに尻の谷をすぼめる。しかし、年下の童貞がアヌス周辺を嗅ぎ回っていたことには、気がついていないようだ。

(あ、これは——)

蒸れた汗の香りに混じって、ほんのかすかだが親しみのある発酵臭がある。用を足した後の痕跡か、はたまた密かに漏らしたガスの名残なのか。どちらにせよ、決して他人には暴かれたくない匂いのはずだ。

(旦那さんだって、これは嗅いだことがないんじゃないか?)

洗っていない秘部の汚れと匂いを、あんなに気にしたのだ。夫婦の営みの前には、シャワーや入浴を欠かさないのだろう。奔放なようで慎みもあるから、オナラだって夫の前でしたことはあるまい。

彼女の秘密を暴いたのは自分だけなのだ。人妻を独占した感激にひたり、益男は犬のごとくクンクンと鼻を鳴らした。

「ちょっと、何してるのよ?」

真由美が不審げに訊ねる。アヌスの匂いを嗅がれていることを悟ったようだ。

(あ、まずい)

益男は咄嗟に舌を出し、湿った恥割れを舐めた。クンニリングスで誤魔化そうとしたのである。

「きゃんッ」

子犬みたいな声をあげ、真由美が陰部をキュッとすぼめる。ほんのりしょっぱい蜜の味にも惹かれ、益男はさらに舌を躍らせた。

「あ、あ、だ、ダメよぉ」

人妻が甘い声を洩らして抗う。もちろんそんなことでは怯まない。

(これが真由美さんの味——)

ずっと憧れて、オナニーのオカズにしていた女性の秘められたところを舐めているのだ。感激と昂奮がぐんぐん高まり、舌づかいがねちっこいものになる。

おかげで、真由美はいっそう艶《つや》めいた声をあげだした。

「あ、あっ、いやぁ」

もっちり臀部が強ばり、双丘の丸みに筋肉の浅いへこみをこしらえる。その度に、鼻が割れ目に挟まれた。

谷間にこもる香りが、新鮮な酸っぱさを増したよう。快感で汗ばんだのではないか。実際、じっとりした湿り気も感じられる。

「あうう、い、いいの？　そこ、汚れてるのにぃ」

悦びに喘ぎながらも、真由美は洗っていない秘苑をねぶられることに戸惑いを隠せない様子だ。声音にも申し訳なさが感じられる。

益男のほうは、汚れているなんて少しも思わない。むしろ、有りのままの彼女を知ったことが嬉しかった。

恥唇内を抉るように舐めると、ボロボロしたものが舌に感じられる。目でも確認した白いカスだろう。

それは魅力的な人妻のからだから分泌された、この上なく貴重な糧《かて》であった。益男は嬉々として唾液に溶かし、喉に流し込んだ。彼女との一体感を味わい、幸福に身を震わせながら。

「あん、あふ……ま、益男君、童貞なのに、舐めるのじょうずじゃない」

真由美から褒められ、自信を得る。初体験はまだでも、一人前の男になれた気がした。

（もっと気持ちよくしてあげたい――）

より感じるポイントを求めて舌を這わせる。アダルト雑誌やビデオで得た知識をもとにクリトリスを探せば、包皮の余りみたいな内側にそれはあった。

「あああ、そこぉっ！」

甲高い嬌声がほとばしる。やはりお気に入りのポイントだったようで、内腿がビクビクと痙攣した。

（よし、ここだ）

敏感な肉芽を重点的に攻めれば、成熟したボディがいやらしくくねり出す。恥割れが新たな蜜汁をトロトロとこぼした。

「イヤイヤ、あ——くふぅうン」

クリトリスをねぶられる人妻が、あられもなくよがる。年下の男の顔に乗せたヒップを、絶え間なくわななかせて。

（ああ、いやらしい）

彼女に握られたペニスを雄々しく脈打たせる。

ただ、自分が感じさせているはずなのに、ほとんど実感がなかった。これも未経験ゆえなのか。益男は全身が熱くなるほどに昂ぶりつつ、機械的に舌を律動させるばかりだった。

そうやって一点集中で奉仕を続けていると、真由美が差し迫った声を発した。

「ああ、あ、イキそう」

頂上が近いことを知り、さすがに実感せずにいられなくなる。すべては己にかかっているのだと、舌が攣《つ》りそうになるのもかまわず秘核を舐めまくれば、

「あ、イク、イクっ、イクぅううっ！」

高らかなアクメ声に続き、裸の下半身がビクッ、ビクンと痙攣した。尻の谷がいく度もすぼまり、酸っぱい汗の香りをくゆらせる。

「あふっ、あ――はああ……」

真由美が大きく息をつき、ぐったりと脱力する。若い牡に身を重ね、熱い吐息でペニスの根元を温かく蒸らした。

（おれ、真由美さんをイカせたんだ）

初めてのクンニリングスで、女性を快楽の極みへ導いたのだ。これならセックスでも彼女を悦ばせられるのではないかと、先走ったことを考える。

益男の目の前に、人妻の色気をぷんぷんと放つ熟れ尻がある。深い谷を割り開き、排泄口たるツボミを晒していた。

（真由美さんのおしりの穴だ……）

さっきもじっくり観察したのに、不思議と見飽きない。

絶頂の名残でヒクつく様は、あたかも熟女の恥じらいを象徴するかのよう。可憐でありながら、牡の劣情を誘う。

それゆえに、ちょっかいを出さずにいられない。

(ちょっとぐらいならいいかな)

益男は頭をもたげて舌を出し、谷底にひそむアヌスをぺろりと舐めた。

「ううン」

オルガスムスの余韻が続いているのか、真由美がうるさそうに秘肛をすぼめる。けれど、やめさせるだけの気力はなさそうだ。と言うより、何をされているのかも、よくわかっていないのではないか。

それをいいことに、放射状のシワをしつこくねぶり続ける。

「――え、あ、なに？」

ようやく状況を理解したか、真由美が戸惑った声を発する。腰を浮かせようとしたらしいが、益男がヒップをしっかりと抱え込んでいたため、離れることができなかった。

「ちょ、ちょっと、そこはダメよぉ」

アナル舐めをやめさせようと身をくねらせ、尻の谷をせわしなく閉じる。だが、不埒な舌を追い払うまでには至らない。

それに、ツボミそのものは気持ちよさそうに、ヒクヒクと収縮していたのだ。

「ああん、もぉ……う、ウチのひとだって、そんなところは舐めてくれないのにぃ」

おしりの穴を舐められて、人妻が身悶える。そこはダメなどと拒んだくせに、甘えた口ぶりだ。

(ひょっとして、旦那さんにもここを舐めてほしかったんだろうか?)

そんなふうにも受け取れる。絶頂した直後だから、正直な思いが口に出たのではないか。もはや洗っていないことも、どうでもよくなっているふうだ。

その部分は、汗の塩気がわずかに感じられる程度である。彼女の夫ですら知らない味であり、とても貴重なものに感じられた。

加えて、くすぐったそうに絶え間なくヒクつくのが、愛おしくてたまらない。

「うう、そんなにペロペロして……いやらしいひと」

震える声でなじった真由美が、顔を伏せる。力強い勃起を示す牡のシンボルを、温かな口内へ迎え入れた。

「むうううッ」

亀頭をチュパッと吸われ、益男は鼻息を荒ぶらせた。さらに舌がまつわりつき、敏感なくびれに戯れかかる。

(気持ちいい……)

与えられる快さに煽《あお》られ、アナル舐めがねちっこくなる。

さっきもフェラチオをされ、射精したのである。おかげで少しは余裕があるものの、童貞の身では長く堪えることは不可能だ。

いや、魅惑の熟れ尻との密着で昂ぶっているぶん、状況は不利とも言える。淫靡さを増した媚香にも、理性を蕩かされているのだから。

(うう、まずい)

歓喜のトロミが早くも尿道を迫りあがる。このまま二度目の爆発を迎えたら、念願の初体験が遂げられないかもしれない。

まだ舐めていたかったものの、益男は未練を残しつつアヌスから舌をはずした。もっちり臀部をピシャピシャと叩き、

「お、おれ、奥さんとセックスしたいです」

切なる願いを訴える。

すると、彼女の動きが止まった。屹立から口がはずされる。

「え、セックス？」

振り返った真由美が眉をひそめた。

「おれ、奥さんと初体験を――」

「それはダメよ。だって、わたしには夫がいるんだから」

間髪を容れずに拒まれ、益男は言葉を失った。

オナホが壊れたお詫びの気持ちはあっても、筆おろしまで面倒を見るつもりはなかったというのか。まあ、ここまでしてもらえただけでも、感謝すべきなのであるが。それに、夫がいると言われては、無理強いはできない。

しかし、益男は落胆せずにいられなかった。

互いを舐めあうことまでしたのに、どうしてセックスは駄目なのかと、やるせなさが募る。いよいよ童貞卒業だと期待が大きかったぶん、たまらなく悲しかった。

内心が顔に出たらしい。人妻が気の毒そうに見つめてくる。それから、何か閃いたふうに表情を輝かせた。

「ねえ、ああいうエッチなオモチャを使ってたんだから、ローションもあるわよね？」

「あ、はい」

「ちょっと貸してちょうだい」

オナホに使っていた徳用ローションを渡すと、真由美は「ここに寝て」と益男を仰向けにさせた。そして、いきり立ったペニスに、ヌルヌルした液体をたっぷりとかける。

「うう」

ローションまみれの屹立をしごかれ、益男は腰をガクガクとはずませた。フェラチオにも匹敵する、もしくはそれ以上の快感を与えられたのだ。

（た、たまらない）

このまま射精まで導くつもりなのかと思えば、人妻が腰に跨がってくる。ミニスカートを腰までたくし上げた、下半身まる出しの恰好のままで。

（え、まさか――）

彼女は益男に丸々としたヒップを向けていた。手にした強ばりの頭部を女芯にこすりつけたものだから、セックスをするつもりなのかと胸がはずむ。さすがに気の毒になって、させてくれることにしたのだろうか。

ところが、それは早合点であった。

「エッチはできないけど、オマ○コで気持ちよくしてあげるわ」

淫らな言葉を口にして、真由美が腰を落とす。その前に、反り返ったペニスを下腹に寝かせたから、残念ながら女体の中に入ることはできなかった。

代わりに、温かく湿った女陰と、筋張った肉胴が重なる。重みをかけられ、牡器官が恥割れにめり込んだ。

「あ、奥さん――」

シリコンのフェイクとは異なる、本物の女性器をダイレクトに感じて胸が躍る。蒸れた女芯の熱が伝わってきて、股間のみのふれあいでも一体感があった。

「じゃ、するわよ」

熟れ腰が前後に振られる。ローションで潤滑された性器同士が、グチュッと粘っこい音をたてた。

「あああ」

益男はたまらず声をあげた。まつわりつく花びらが、オナホ以上の快楽をもたらしたのだ。

「どう？　ホントにエッチしてるみたいでしょ」

顔を後ろに向けた真由美が、上気した面持ちで白い歯をこぼす。艶っぽい笑顔に、胸が温かなもので満たされた。

「はい」

「オチ〇チン、すごく脈打ってるわ。気持ちいい？」

「気持ちいいです。もう、たまんないです」

「益男君、わたしのオマ〇コもおしりも、いっぱいペロペロしてくれたものね。洗ってなくて汚れてたのに。わたしの恥ずかしいところ、益男君に全部知られちゃったみたいだわ」

咎《とが》めるみたいに言って、陰嚢をすりすりと撫でる人妻。ムズムズする快さに、強ばりが雄々しく脈打った。

「あ、あ、奥さん——」

「ほら、もっとよくなりなさい」

真由美の腰の動きがいやらしくなる。素股、いや、この体勢は尻コキだろうか。グチュグチュという卑猥な摩擦音が、リズミカルに響いた。

「ああ、あああッ、すごくいい」

益男はのけ反って喘いだ。

「あ――ンうぅ」

年上の女も悩ましげに呻く。裏スジで敏感なところをこすられ、感じている様子だ。秘芯がいっそう熱を帯びてきた。

(ああ、本当にセックスしてるみたいだ……)

摩擦の快感ばかりでなく、女性と悦びを共有していることにも昂奮を高められる。無意識に腰を突きあげると、真由美が「きゃふン」と鼻にかかった声で啼いた。

「あん……オマ○コ気持ちいい」

浮かされたように、卑猥なことをつぶやく。腰の角度を変え、筋張った筒肉にアヌスもこすりつけた。やはりそこも感じるポイントらしい。

熟れ尻の切れ込みに見え隠れする亀頭は、赤く腫れあがっていた。泡立って白くなったローションには、人妻の愛液も混じっているのではないか。

そんな淫らなことを考えると、たちまち頂上が迫ってくる。

「あ、あ、奥さん、いきそうです」

危ういことを告げると、キュッとすぼまった臀裂が、ペニスをキツく挟み込む。

「いいわよ。いっぱい出しなさい」

腰振りが慌ただしくなり、強烈な摩擦で忍耐が亡き者にされる。

「うあああ、い、いく。出る――」

蕩ける歓喜にまかれて、益男は熱いエキスをびゅるびゅると放出した。香り高い白濁汁が、自身の腹部に淫らな模様を描く。

「はあ、ハァ……くはぁ――」

胸を大きく上下させ、絶頂の余韻にひたっていると、真由美がそろそろと腰を浮かせる。ほとばしった牡の体液を確認し、満足そうな笑みを浮かべた。

「二回目なのに、すごく出たわね。気持ちよかった？」

「はい……」

「悪いけど、オナニーを手伝うのはこれっきりよ。だけど、これからもわたしをオカズにしてもいいわ」

「……ありがとうございます」

「お礼を言われるのもヘンだけど。あ、それからこれは、わたしからのプレゼント。好きに使ってちょうだい」

手渡されたのは、小さく丸まった白い薄物。こうして益男は、オナホの代わりに人妻の使用済みパンティを手に入れたのである。

第二章　パンティは空を飛ぶ

1

（ああ、真由美さんっ！）

心の中で愛しい人妻の名前を呼びながら、益男はドクドクと精液を放った。

本日二度目の射精である。バイトが休みということで、真っ昼間から右手で自らを慰めていた。

アパートの六畳一間にいるのは自分だけだ。べつに誰の名前を口にしてもかまわないところである。

しかし、ズリネタにした本人が隣の部屋にいるのだ。壁が薄いから聞こえる可能性があった。

もっとも、他ならぬ彼女自身から、オカズにしてもいいと許可を得ている。そこまで気にする必要はないのかもしれない。

それに、素敵なものもプレゼントされたのだから。

益男の左手には、白い薄物が握られていた。先週、お隣の真由美にもらった、彼女の使用済みパンティだ。

なまめかしい匂いの染みついたそれで、いったい何回オナニーをしただろうか。使ったあとはファスナー付きのビニール袋にしまい、大切に保管してきた。

パンティは、クロッチの中心部分に固まった糊状の付着物があり、クセのあるチーズ風味の匂いがあった。そこより前側のところは薄く黄ばみ、オシッコの磯くささが嗅ぎ取れた。さらに、両サイドのゴム部分、細かなループ状の飾りがついたところは薄茶色に汚れ、ケモノっぽいアポクリン臭が付着していた。

場所によって薫味が異なることで、女性をより深く理解できた気になる。未だ童貞ではあったけれど。

それらのかぐわしさに鼻を鳴らし、さらに真由美にクンニリングスを施したときに嗅いだナマの淫臭を思い出して、益男は昂奮を高めたのである。もちろん、秘められた部分の佇まいや、人妻が絶頂した場面も脳裏に蘇らせて。

しかし、さすがに一週間も経ったから、匂いがだいぶ薄まっている。クロッチを鼻にこすりつけるようにして、ようやくチーズ臭がほのかに感じられるぐらいだ。そろそろ限界だろう。

かと言って、捨てるのは忍びない。

益男はパンティを記念にとっておくことに決めた。ただ、そのままにしておいたらカビが生えるかもしれないから、まずは綺麗に洗う。洗濯機は使用せず、石鹸を使って手洗いした。

（さらば、愛しきオマ〇コ臭たちよ）

などと、親が知ったら嘆くに違いない感傷にひたりながら。

そうして綺麗にしたものは、針金のハンガーに引っかけて窓辺に干す。今日は天気がいいから、すぐに乾くだろう。

益男の部屋は二階である。爽やかな風に吹かれて、白い下着がひらひらと舞う。寝転がってそれを眺めているだけで、なんとなく嬉しくなってくるから不思議だ。パンティには、男を癒やすパワーがあるのではないか。

（まさにパンティマジックだな）

モンキーマジックなんて目じゃない。はるか天竺まで、パンティに乗って飛んでいけそうな気がしてくる。

くだらないことを考えているあいだに、外の風が強まってきた。パンティがヒラヒラどころか、もっと大きくひらりひらりと舞い踊る。

次の瞬間、それはハンガーからはずれ、窓の外へと飛んでいった。

「あ、まずい！」

益男は焦って飛び起きた。窓辺に駆け寄り、風に飛ばされたパンティの行方を追う。だが、純白の薄物はどこにも見えなかった。

（もう地面に落ちたのか？）

まだ湿っていたはずだから、それほど遠くまで飛ばなかったのではないか。洗って匂いがなくなったとはいえ、隣の人妻からもらった大切な逸品である。眺めているだけでも甘美なひとときが思い出され、オナニーの友として充分役に立つはずなのだ。

窓の下は道路だから、通りかかったひとに拾われるかもしれない。その前に取り戻さなければと、益男はパンティを求めて部屋を飛び出した。道路へ走り出て、さて、どこへ行ったかと左右を見渡す。

（よし、こっちだ）

風が吹く方角へ足を進める。舐めるように地面を見ながら歩き、ブロック塀の角を折れる路地のほうを何気に見ると、そこに黒いスーツ姿の女性がいた。

（え、あれは？）

どうやらリクルート中の女子大生らしい。腰の位置が低く、スタイルがどことなく野暮ったい。いかにも女として成熟する前というふうだ。

そして、こちらに背中を向けた彼女の手に、白い布があったのである。間違いなく、探していたパンティだ。

（あ、それ、おれの——）

声をかけようとしたものの、迷いが生じる。明らかに女性用なのに所有権を主張したら、変態だと思われるかもしれない。

（うう、どうしよう……）

苦悩した益男であったが、次の瞬間息を呑んで固まる。くだんのリクルート女学生が、いきなりスカートを腰までたくしあげたのだ。

（わわっ！）

さらに、信じられない光景が目に飛び込んでくる。あらわになったむっちりヒップは、何ものにも覆われていない剝き身であった。

なんと、彼女はノーパンだったのだ。

いかにも張りがありそうな若尻は、昼日中の路地という日常の風景で見るからか、胸を激しく揺さぶられるほどにエロチックだ。益男はグピッと喉を鳴らし、たちどころにペニスをふくらませた。

だが、彼女が拾ったパンティに脚を通したものだから、大いに慌てる。

「あ、ちょっと」

白いインナーがおしりに喰い込んだところで声をかければ、就活娘が振り返る。益男を見て、ギョッとしたふうだった。まあ、それはそうだろう。穿いたばかりの下着がまる出しだったのだから。

「そのパンティ、おれのなんだけど」

右手を出して告げると、彼女は「あ、あの——」と焦りまくり、スカートを戻した。狼狽をあらわにしながらも、

「ご、ごめんなさい、ごめんなさいっ」

と、何度も頭を下げる。

「いや、とにかく返して——」

「すみません。あとで必ず返しますから！」

叫ぶみたいに言い残して、彼女は脱兎のごとく駆け出した。十メートルも走ったところで転げそうになったものの、体勢を直して行ってしまう。

そうして姿が見えなくなれば、あとにはパンティをさらった風が吹いているだけ。

（……何だったんだ？）

益男は茫然と立ち尽くした。

2

（ああ、せっかく真由美さんからもらったパンティを取られちゃうなんて……）

益男は打ちひしがれた気分で窓辺に座っていた。目にうっすらと涙を浮かべて。

失うことの悲しみは、失った者でないとわからないんだなあ。などと格好つけたところで、失ったものが使用済みパンティでは、ひとびとの賛同は得られまい。

ただ、希望がないわけではない。パンティを拾い、穿いて逃げたリクルート女子大生は、あとで返しますからと言った。ということは、使用して恥ずかしい匂いの付着したものが、再び手に入るかもしれない。

断腸の思いで洗ったのだけれど、また新鮮な恥臭付きで戻ってくるのなら御の字だ。この調子で、洗うたびに窓から飛ばして誰かに拾わせ、穿いてもらえれば、永遠に充実したオナニーライフが送れるのではないか。

これこそ究極のリサイクル。飛んで飛んで回って回る。まさに夢精花。一枚で二度も三度も美味しい。

などと捕らぬ狸の皮算用もいいところの考えで、得意がってほくそ笑む。それからふと、パンティを奪った娘のナマ尻を思い出した。

（いいおしりだったなあ……）

全体に太めの下半身が、いかにも若さゆえのアンバランスという感じで、妙にそそられた。特にヒップはお肉がたっぷり詰まっていて、パンティを穿くときにもぷりぷりとはずんでいたのだ。

あれならクロッチも股間に喰い込みまくり、いやらしいフェロモンがたっぷりと染み込むのではないか。さらには、恥垢やアヌスの匂いなど、生々しい痕跡が付着するかもしれない。

期待に胸と股間をふくらませた益男であったが、重大なことに気がつく。

（ちょっと待てよ。おれはあの子のこと、何ひとつ知らないじゃないか）

これまでに会ったことも、見かけたことすらない。この近くに住んでいるのだとしても、名前も住所も電話番号も知らないのでは、パンティを返してもらうことなんて不可能だ。

「くそぅ、しまった、しまった」

益男は頭を抱えて転げ回った。己の馬鹿さ加減が嫌になる。結局は大切なズリネタを持ち逃げされただけではないか。

しかし、ここで諦めては男がすたる。何か方法があるはずだと、眉間にシワが寄るほどに知恵を振り絞った。

（あ、そうか。ここから見張ってればいいんだ）

あの娘が、また前の道路を通るかもしれない。そこを捕まえればいいのだ。

益男は目をギラつかせ、窓から道路を見渡した。視線に気がついたか、通行人の何人かがこちらを振り仰ぎ、ギョッとした顔を見せる。

幸いにも怪しい男がいると通報されることなく、三時間も粘り続けていると、

（あ、来たっ！）

リクルートスタイルの女子学生が、どこか暗い表情で歩いてくるのが見えた。

間違いない。あの娘だ。

何かあったのかなんて心配する度量の広さを、益男は持ち合わせていなかった。部屋を飛び出し、階段を駆け下り、道路へひらりと躍り出て、彼女の前に立ち塞がる。

「ぱ、パンティを返してくれっ！」

いきなりそんなことを言われ、就活娘は仰天してのけ反った。


道端でパンティを取り戻す交渉をするのは、さすがに人聞きが悪い。益男はリクルート娘を部屋へ招くことにした。その旨を告げると素直に従ったから、どうやら本当に返すつもりだったらしい。

部屋に入り、益男が先に自己紹介をすると、彼女は江原伸恵《えばらのぶえ》ですと名乗った。やはり就活真っ最中の女子大生とのこと。

「ところで、どうしてノーパンだったの？」

まずはパンティを無断拝借した理由を確認しようと訊ねる。すると、座布団に正座した伸恵は、モジモジと身を揺すった。

「あの……わたし、昔から緊張すると、お腹がくだっちゃうんです。それで、今日は就職面接があったんですけど、うまくいくかどうかすごく不安だったから、家を出たあとに、その――」

仲江が言葉を詰まらせ、涙ぐむ。要は粗相をして、下着を汚したということか。泣きそうになっている彼女に皆まで言わせるのは、さすがに可哀想だ。益男は咳払いをして話を遮った。

「つまり、穿いていたパンティが駄目になったんだね？」

「はい……仕方ないから、近くの公園のトイレで捨てました。だけど、ノーパンで面接に行くわけにはいかないじゃないですか」

案外そのほうが面接官には好評かもしれない。自分だったら間違いなく合格させるなと思ったものの、益男は黙っていた。

「それで、面接の時間も迫ってくるし、どうしようって困っていたときに、あのパンツが空から降ってきたんです。これはきっと神様からの贈り物だって思いました」

どんな神様だよと、心の中で突っ込む。パンティをあげるのは神様ではなく観音様ではないのかと、品のないことを考えつつ「よかったね」と相槌を打った。

「でも、すみませんでした。柿谷さんのパンツだって知らなかったものですから、勝手に使わせてもらったりして」

「いや、まあ、べつにおれが穿いてたわけじゃないけど。あ、それで、いつ返してもらえるのかな？」

訊ねると、伸恵が気まずそうに下唇を噛む。

「実は、あれも汚しちゃったんです。幸い、面接が終わったあとだったんですけど」

今度は安心したせいで漏らしたというのか。女の子なのに、お股が緩いのにも程がある。

ともあれ、だからあんなに暗い顔をしていたのかと、益男は理解した。

（てことは、今もノーパンなのか？）

黒いリクルートスカートが包む、むっちりした腰回りを、ついまじまじと見てしまう。ナマ唾を飲みかけたものの、

「え、てことは、あのパンティは？」

肝心なことを思い出して訊ねる。すると、彼女が申し訳なさそうに頭を下げた。

「ごめんなさい。さすがにオモラシしたのを返すわけにはいかないと思って、捨てちゃったんです」

これには、益男は「そんなぁ」と落胆した。

（そんなすぐに捨てないで、洗って返せばいいじゃないか）

それとも、落ちないシミができていたのか。いや、そもそも洗う気にすらならなかったというのが正解だろう。

（ていうか、洗わないで返してくれてもよかったのに）

女子大生が粗相したパンティなんて、そうそう拝めるものじゃない。きっと大昂奮だろうし、新たな趣味に目覚められたかもしれない。

とは言え、そんなことを言ったら、悲鳴をあげて逃げられるのは確実だ。ここは黙っておくのが無難である。沈黙は金、チ○ポコはキンタマだ。

「すみません。新しいものを買って返しますから、どうか許してください」

謝られても、納得できるわけがない。あれは隣の人妻からもらった、特別なものなのだ。新品のパンティなどもらっても、オナニーのオカズにはならない。

（買って返すって、そういう問題じゃないんだよなあ）

しかしながら、あのパンティは色っぽい人妻が穿いていたものだなんて、女子大生の伸恵に言えるはずがなかった。まして、オナニー用にもらったなんてことも。

ただ、新品には替えられない貴重なものであることは伝えたい。それが真由美への義理立てにもなるはずだ。

（よし、だったら——）

益男は咄嗟に作り話をこしらえた。

「いや、あれは、新しいものを返してもらえばいいなんて代物じゃないんだよ」

「え、どういうことなんですか？」

「実は、おれ、高校生のときに姉を交通事故で亡くしてね。あれは、死んだ姉さんの形見なんだ」

もちろん大嘘で、そもそも益男はひとりっ子なのである。けれど、そんなことなど知る由もない伸恵は、素直に信じたようだ。

「ええっ!? じゃあ、わたしは、そんな大切なパンツを捨ててしまったんですか？」

表情に後悔を滲ませ、泣きそうになる。これには、益男のほうが罪悪感を覚えた。

しかし、今さら嘘だと引っ込めるわけにはいかない。

「おれは小さいときに母親も亡くしてるから、姉さんが母親代わりだったんだ。六つ年上で、とても優しいひとだった……あのパンティは、おれにとって姉さんそのものだったんだ」

話がどんどん大袈裟になる。田舎で健在の母親が聞いたら、怒りまくるに違いない。

「……すみません」

伸恵が肩をすぼめて謝る。パンティが形見だなんておかしな話を、彼女は完全に信じ込んでいるようだ。かなりのお人好しらしい。

「まあ、いつまでも死んだ人間のことを考えているなんて、よくないのも確かなんだ。おれもそろそろ姉さんから卒業すべきなんだろうし、ひょっとしたら、これがいい機会なのかもしれない。何しろ、姉さんのことが忘れられなくて、恋愛もできなかったんだから」

「え、そうなんですか?」

「うん。姉さんは、とても綺麗だったんだ」

調子に乗って話すうちに、作り話ではなく本当のことのように思えてくる。益男は感極まり、目に涙すら浮かべていたのだ。

すると、伸恵が決意を固めた表情で、「わかりました」とうなずいた。

「え?」

「わたしも、柿谷さんはお姉さんから卒業するべきだと思います。だって、恋愛もできないなんてよくないですから。わたしが、そのお手伝いをします」

「……えと、お手伝いって？」

「パンツをお返しすることはできないですけど、あの……中身でお返ししますから」

そう言って、彼女が座布団の上に立ちあがる。口許を引き締め、益男を見おろしたまま、ゆっくりとスカートをたくし上げた。

（え、中身でお返しって、まさか——）

3

リクルートスタイルの女子大生が、スカートをたくし上げる。肉づきのいい太腿が現れ、間もなくむっちりした腰回りがあらわになった。

（ああ……）

益男の目は、彼女に釘付けとなった。なぜなら、お腹をくだして下着を汚した彼女は、案の定ノーパンだったのである。

就活で忙しく、食生活が不規則なのか、下腹がなだらかに盛りあがっている。眩しいほどナマ白いそこは、太腿との境界にあるYの字交差点に、黒い茂みをたくわえていた。

若さを感じさせる甘酸っぱいフェロモンが、むわむわと漂ってくる。なまめかしいそれに劣情を沸き立たせた益男は、股間を大きく盛りあげた。

それを目にしたらしく、伸恵が嬉しそうに目を細める。

「柿谷さんも、それでいいですよね？」

訊ねられ、益男は我に返った。質問の意味がすぐには理解できず、「え？」と彼女を振り仰ぐ。

「お姉さんの形見のパンツを捨てたお詫びに、わたしがこれでお返ししますから」

そう言って、伸恵が脚を開く。秘毛の真下に淫靡なほころびが見え、心臓の鼓動が早鐘となった。

「おおお、お返しって⁉」

「柿谷さんは、亡くなったお姉さんのことが忘れられなくて、恋愛もできなかったんですよね？　そうすると、エッチの経験もないんでしょ？」

姉の話は嘘っぱちでも、二十三歳にして童貞なのは事実である。ペッティングだけは、隣の人妻と経験済みであるが。

「まあ、それは……え、じゃあ、伸恵さんが、おれの初体験の相手になってくれるんですか？」

「はい、喜んで」

ニッコリ笑った女子大生に、益男は気圧《けお》されるものを感じた。

（てことは、この子は経験があるんだな）

髪も染めていないし、けっこう清純そうに見えるのだが。もっとも、就活のために外見を真面目っぽく整えているだけで、中身は違うのかもしれない。

だいたい、男好きのするムチムチした下半身を、惜しげもなく晒しているのだ。いつもこうして牡を誘っているのではないか。

（いや、ノーパンで外を歩くあいだに、いやらしい気持ちになっていたのかも）

そのせいで、男とふたりっきりの状況にムラムラして、セックスの口実をこしらえたのだとか。

あるいは、年は彼女のほうが下だと思うのだが、こちらが未経験だと知って、それこそ姉のような心持ちになったのではないか。可哀想だから筆おろしをしてあげようと、面倒を見てあげたくなったのかもしれない。

ともあれ、据え膳食わぬは男の恥である。童貞も卒業できるというのなら、願ったり叶ったりだ。

「で、では、お願いします」

すっかり舞いあがった益男に、伸恵はさらに嬉しいことを言ってくれた。

「どういうふうにしてほしいですか？　何でもしてあげますよ」

だったら、是非ともお願いしたいことがある。益男はすぐさま仰向けに寝そべると、

「じゃあ、顔に座って」

と、期待の眼差しで彼女を見あげた。

「え、顔に？」

何でもしてあげると言ったのに、伸恵はあからさまに顔をしかめた。まさかいきなり顔面騎乗を求められるとは、予想もしていなかったのだろう。

まして、童貞の男から。

セックスこそしていないが、益男は隣の美しい人妻に愛撫され、シックスナインもした。そのときに熟れ尻と密着し、正直な恥臭を嗅いだことは、今でも鮮やかに思い出せる。だからこそ、またも同じことを求めてしまったのだ。

「おれ、伸恵さんがパンティを穿いたときに見たおしりが、今でも忘れられない

んだ。とっても素敵で、色っぽかったから。あのときからずっと、顔に乗ってもらいたいって思ってたんだよ」

大袈裟に褒めそやすと、就活女子大生が頬を赤らめる。

「わ、わたしのおしりなんて、ただ大きいだけですよ」

うろたえ気味に謙遜した伸恵であったが、

「お願いします。このとおり」

益男が両手を合わせて懇願すると、渋々受け入れてくれた。

「仕方ないですね……約束したんですから」

だが、心から嫌がっているふうではない。むしろ、目許に淫らな期待が浮かんでいるかに見える。

(ひょっとして、アソコを舐められたくなってるんだろうか……)

下半身をあらわにしている今は、顔面騎乗イコール秘部を男の口許に密着させることになる。そんな破廉恥な場面を想像して、ムズムズしているのだとか。実際、剝き出しの若腰がいやらしく揺れている。

それでも、彼女は益男の顔を跨ぐ前に、うろたえ気味に告げた。

「あ、あの、パンツを汚したあとに、アソコはちゃんと洗ったんですけど……わたし、汗っかきなんです。だから——」

恥じらって言い淀んだものの、何を気にしているのかはすぐにわかった。秘部が匂うかもしれないと心配なのだ。

「だいじょうぶだよ。おれはそういうの、全然気にしないから」

「え、そういうのって……？」

「と、とにかく、早く」

急かすと、伸恵は戸惑いを浮かべつつも動いた。ちょっと迷ってから、益男の下半身のほうを向いて顔を跨ぐ。目を合わせるのが恥ずかしい様子だ。

（ああ、すごい……）

着衣は上半身のみの、若い娘を真下から見あげているのだ。秘められたところはまだはっきりと見えないが、むっちりした太腿やおしりがまる出しで、胸が震えるほどにエロチックな光景である。

「す、座りますよ」

伸恵が怖ず怖ずと腰を屈める。腿の付け根部分が開き、女芯がさらけ出された。

（うう、いやらしい）

濃いめの恥叢が覆っているため、秘貝の佇まいははっきりとわからない。だが、接近すれば明らかになるはずと、益男は目を凝らして観察した。

ところが、いよいよ近づいてきたところで、いきなり落下が速まる。どうやら恥ずかしいからとゆっくり腰をおろしたら、アソコをじっくり見られてしまうと気がついたらしい。

おかげで、羞恥部分をしっかり確認する間を与えられず、もっちり臀部が顔面に重みをかける。

「むううッ」

望んでいたシチュエーションにもかかわらず、益男は反射的に抗《あらが》った。心の準備ができていなかったためと、伸恵がかなり勢いよく座ったからだ。もしも硬い地面の上だったら、頭が潰れたのではないかと思えるほどに。

けれど、口許に密着した秘毛地帯が漂わせる淫臭によって、瞬時に全身の力が奪われる。

（ああ、すごい……）

汗っかきというのは本当らしい。若さそのものという甘ったるい香りは濃密で、むせ返りそうであった。

もちろんそこにあるのは、汗のフレーバーばかりではない。オシッコの拭き残しなのか、恥毛の狭間に磯くさい匂いがあった。それから、チーズを連想させるなまめかしい女陰臭も。

（これが伸恵さんの——）

牡を翻弄するかぐわしさに、悩ましさが募る。

その部分はじっとりと湿っているようだから、密かに昂ぶっていたのではあるまいか。それも、たった今そうなったというふうではない。

（早くから濡らしてたみたいだぞ）

やはりノーパンでいることに昂奮していたのではないか。案外、露出趣味があるのかもしれない。益男の目の前で、ためらいもせず下半身をあらわにしたぐらいなのだから。

「く、苦しくないですか？」

心配そうに声をかけ、伸恵が尻をくねらせる。それにより、鼻面と口許が羞恥帯にいっそう密着した。

（素敵だ……）

煽情的な媚香と、臀部のもっちりした柔らかさに、劣情が際限なくふくれあがる。息苦しさのせいばかりでもなく呼吸が荒ぶり、女子大生のあからさまな匂いを胸いっぱいに吸い込んでしまう。

「ああん」

牡の息づかいで秘部が蒸れたのだろう。伸恵が艶《つや》めいた声をあげる。たわわなヒップを振り立て、尻割れで童貞男の鼻をせわしなく挟み込んだ。

（たまらない――）

益男は欲求にのっとって舌を出し、湿った恥唇に差し入れた。わずかなしょっぱみを捉えるなり、

「あ、あ、いやぁ」

若尻が切なげに揺れる。女芯全体がすぼまり、奥から新たな蜜をトロリと溢れさせた。そちらはほのかに甘い。

（やっぱり昂奮してたんだな）

刺激を受け、溜まっていたものが一気に溢れたようである。舌を躍らせると、反応がいっそう顕著になった。

「ああ、あ、きゃふぅううう」

秘部をねぶられ、伸恵があられもなくよがる。まだ社会人になる前だというのに、性感は一人前に発達しているようだ。

(ええと……ここかな?)

敏感な肉芽が隠れているあたりを狙い、益男は舌を律動させた。すると、嬌声が甲高く響く。

「くうぅぅ、そ、そこぉ」

やはりお気に入りの場所のようだ。顔に乗った豊臀も、ビクビクと顕著なわななきを示した。

尻ミゾにもぐり込んだ鼻の頭は、アヌスに当たっているようである。そこがなまめかしく収縮しているのがわかった。

緊張するとお腹をくだすという彼女は、そのせいでパンティを二枚も汚したのだが、後できちんと清めたようである。異臭は少しも感じられない。隣の美人妻のそこには、微量だがかぐわしいアナル香があったのに。

物足りなかったものだから、益男は舌をそちらに移動させ、消化器官の末端をペロリと舐めた。

「はひッ」

伸恵が鋭い悲鳴をあげ、下半身を強ばらせる。さらにチロチロと舌先でくすぐれば、どっしりした肉尻がいやらしくくねりだした。

「イヤイヤ、そこはダメぇ」

人妻の真由美はアナル舐めに艶っぽい反応を見せたのに、女子大生は本気で嫌がっているふうだ。益男はたわわなヒップをがっちりと抱え込んでいたものの、彼女はどうにか逃れようと腰を暴れさせる。

(まだ若いから、おしりの穴はあまり感じないんだろうか)

思ったものの、そうではなかったようだ。

「あああ、そ、そんなにしたら……また漏れちゃいますぅ」

どうやら刺激によって腸内のものが出そうになったらしい。

匂いなら嗅ぎたいけれど、現物を顔にかけられるのは避けたいところ。益男は焦って舌をはずした。ついでに丸みから手を離すと、伸恵がわずかに腰を浮かせる。

「ふう……」

安堵のため息をついて、可憐なツボミをヒクヒクさせる。唾液に濡れたそこはやや赤みがかっており、周囲に生えた疎《まば》らな恥毛が、べっとりと張りついていた。

(うう、いやらしい)

愛らしくも卑猥な眺めに、胸の鼓動が高鳴る。すると、さらに腰を浮かせた就活女子大生が、頬を紅潮させて振り返った。

「もう……わたし、おしりの穴が敏感なんですからね。ヘンなことしないでください」

潤んだ瞳で睨まれて、背すじがゾクゾクする。敏感というのは性的な意味なのかと、穿《うが》った解釈をしたからだ。

これ以上秘肛を悪戯されては大変だと思ったか、伸恵は顔の上から離れた。からだの向きを変えて下半身に移動すると、益男の膝に座って牡の股間に触れる。

4

顔面騎乗で膨張したペニスは、ズボンの前面を大きく盛りあげていた。そこに女子大生の手がかぶせられ、うっとりする快さが広がる。

「ううぅッ」

益男は呻き、分身を雄々しく脈打たせた。

「こんなに大きくしちゃって……わたしのおしりが、そんなに気に入ったんですか？」

伸恵が目を細めた笑顔で訊ねる。自身のいやらしい秘臭が牡を昂ぶらせたという自覚はなさそうだ。そのことを教えたら、さすがに涙を浮かべて恥ずかしがるのではないだろうか。

けれど、彼女がズボンの前を開いたことで、益男のほうが余裕をなくした。

「さ、脱ぎ脱ぎしましょ」

ほとんど年の変わらぬ男を子供扱いして、下半身の衣類を奪い取る。これも童貞と非処女の差ゆえなのか。

ぶるん——。

ブリーフのゴムに引っかかった肉勃起が、勢いよく反り返って下腹を叩く。今度は益男が羞恥で頬を熱くする番であった。

（うう、見られた……）

昂奮状態のシンボルを目撃されるのは、人妻の真由美に続いてふたり目だ。前のときは相手が三十路ということもあり、身を任せてもいい心持ちになれた。けれど、今は年が近いせいか、妙に居たたまれない。

伸恵のほうは経験者だけあって、勃起したペニスに怯んだりしない。嬉しそうに口許をほころばせ、目を淫蕩に細める。

「うふ、元気ね」

牡の猛りを見つめながらズボンとブリーフを爪先から抜き取り、再び膝を跨いで座った。

ノーパンでスカートもたくし上げたままだから、おしりの柔らかさと、もっちりした重みがダイレクトに感じられる。おかげで、ペニスが嬉しがって小躍りした。

「立派ですね、柿谷さんのオチ◯チン。使わないなんてもったいないですよ」

伸恵が淫蕩に白い歯をこぼす。

髪も染めていないし、見た目は真面目なリクルートガールなのに、かなり男好きのよう。少しもためらわず、柔らかな指で屹立を握る。

「あうぅッ」

目のくらむ悦びが体幹を駆け抜け、益男は腰を上下にガクガクとはずませた。

「敏感なんですね。それに、色も綺麗だわ」

未だセックスを知らない肉根が、緩やかにしごかれる。それだけで果てそうになり、益男は歯を食い縛った。

いくら未経験でも、あっさり爆発してしまってはみっともない。童貞にも男の意地があるのだ。

と、伸恵が腰を浮かせる。益男の脚を開かせ、そのあいだに尻を据えた。

そして、もう一方の手も差しのべ、快感で縮こまっていた玉袋に触れたのである。

「あああああっ」

悦びが倍増し、益男はのけ反って声をあげた。真由美にフェラチオをされたときも、そこを撫でられて爆発したのだ。

「あ、柿谷さんもキンタマが感じるんですね」

伸恵が嬉しそうに言う。かつて肉体関係を持った男も、彼女にそこを撫でられて身悶えたのだろうか。

ただ、彼女のタマ撫では、かなり巧みだった。揉んだりさすったりと、手指が多彩な動きを示す。急所なのに痛みなどまったくないし、不安も感じない。

それゆえに、与えられる悦びもかなりのものであった。

(ううう、ホントにまずい)

ペニスと陰嚢へのダブル攻撃に、益男は息も絶え絶えだった。少しでも油断すると、ザーメンが勢いよく噴出しそうだ。

(まだ初体験を済ませていないんだ。そんな簡単にイッてたまるものか)

顎が砕けそうになるほど奥歯を嚙み締めていると、危機的状況を察したのか、伸恵が手の動きを止めてくれる。それから、愛らしく首をかしげて問いかけた。

「柿谷さん、イッちゃいそうなんですか?」

そんなことはないと答えたかったものの、愛撫を再開されたら一分と持つまい。だいたい、溢れたカウパー腺液で、赤く腫れた亀頭がヌルヌルなのだ。今さら誤魔化しようがなかった。

「うん……ごめん」

情けなさにまみれて謝ると、彼女は首を横に振った。

「しょうがないですよ。初めてなんですから」

優しい言葉に涙がこぼれそうになる。そのとき、伸恵が笑顔で提案した。

「このままだとエッチしてもすぐに終わって、せっかくの初体験なのに面白くないですよね。だったら、一度出しちゃいませんか?」

益男が同意をためらったのは、直ちに復活する自信がなかったからである。隣の人妻とのペッティングでも、射精後にしごかれても勃起せず、シックスナインで濃厚な恥臭を嗅ぎ、ようやく奮い立ったのだ。

(もしも勃たなかったら、童貞を捨てるチャンスをふいにしちゃうし……)

そんな不安を見抜いたらしく、伸恵が明るく告げる。

「心配しなくても、ちゃんと勃たせてあげますよ。わたし、そういうの得意なんです」

どうやら秘策があるらしい。そこまで断言されては、承諾しないわけにはいかなかった。

「わかった。それじゃ、お願いします」

「おまかせあれ」

冗談めかしてウインクし、伸恵が再び手を動かす。強ばりきった筒肉をしごき、下腹にめり込みそうに持ちあがった陰囊をすりすりとさすった。

「ああ、あ、伸恵さん——」

たまらず名前を呼ぶと、彼女は愉しげに口許をほころばせた。

「いいですよ。いつでもイッてください。いっぱい射精するところ、わたしに見せてくださいね」

「え?」

「わたし、精液が飛ぶところを見るのが大好きなんです。生命の神秘って感じがするから」

だからフェラチオをせずに、手の愛撫に徹しているのか。しかし、射精に生命の神秘を感じるとは変わっている。まあ、女性にはない現象だから、そんなふうに思えるのかもしれないが。

(でも、おれは女性の生理に、生命の神秘は感じないけど)

出るものが違うからだろうか。そんなことをチラッと考えたものの、

「さ、気持ちよくなってくださいね」

手淫の動作が大きくなり、歓喜で目がくらむ。

「あ、あ、いっちゃう――」

全身に蕩ける快美が行き渡り、益男は腰をぎくしゃくと跳ねあげた。分身の根元に溜まった悦楽の滾りが、いよいよ放出のときを迎える。

(ああ、ホントに出る)

益男はほとんど無意識にシャツをたくし上げた。精液がかなり飛びそうだったから、汚さないようにしたのだ。

そして、最後の瞬間が訪れる。

「ううううッ!」

呻いて背中を弓なりにし、熱い熱情をほとばしらせる。勢いよく放たれたそれは、宙を高く舞った。

「あ、出た。すごい」

牡の絶頂に目を輝かせた伸恵が、休みなく陰嚢を撫で、ペニスを摩擦する。どうすれば気持ちよいのか、牡の求めるものを知り尽くしているふうだ。

おかげで、益男はありったけの性汁を、最後の一滴までびゅるびゅると放つことができた。

(すごすぎる——)

こんなに出したら次はないのではないか。頭の片隅で不安を覚えながらも、射精は長々と続いた。

「はあ……」

大きく息をついて、ようやくオルガスムスの波が去る。その後もしばらくは、からだのあちこちが思い出したように痙攣した。

(気持ちよかった……)

益男は気怠い余韻にまみれた。大袈裟でなく、魂まで抜かれたように感じる。

「いっぱい出ましたね」

伸恵の声で我に返る。頭をもたげて確認すれば、多量の白濁液が腹の上でのたくっていた。優に三回分の量があったのではないか。

そうなれば当然ながら、ペニスは縮こまってしまう。

萎えた牡器官を名残惜しげに揉んでいた女子大生が手をはずす。力を失ったそれは、陰毛の上にくてっと横たわった。鈴口に白い雫を光らせて。

（これはもう、無理なんじゃないか？）

持ち主である益男が不安に駆られたのに、伸恵は平然としていた。飛び散ったザーメンをティッシュで拭うと、

「じゃあ、四つん這いになってください」

と、朗らかに命じる。

（四つん這いって……）

何をするつもりなのかと訝《いぶか》りつつ、両肘と両膝を畳につけば、彼女が背後に回る。肛門までまる見えのポーズをとっていることに今さら気がつき、頬が燃えるように熱くなった。

「ふふ、可愛いおしりの穴」

伸恵のつぶやきが聞こえ、ますます居たたまれなくなる。そのとき、益男は尻ミゾのあたりに息を感じた。

（まさか、おれがさっきおしりの穴を舐めたから、その仕返しをするつもりじゃ——）

焦りを覚えたとき、彼女の唇が密着する。そこは肛門ではなく、玉袋であった。

「うひひひひッ」

陰嚢にくちづけを受け、益男は反射的に奇声をあげてしまった。予想外だったのと、背すじがゾクッとする感じがあったのだ。

「キンタマ、気持ちいいですか?」

はしたない言葉を口にして、伸恵がシワ袋をねろりと舐める。中の睾丸を転がすようにして、ねちっこく。

「あ、あ、あ、あああッ」

ムズムズする感じを極限まで高めた気持ちよさに、抑えようとしても声が洩れてしまう。そして、萎えたペニスに血流が舞い戻る感覚があった。

牡の急所が温かな唾液で濡らされた後、就活女子大生が愉しげに告げる。

「じゃ、さっきのお返しね」

舌先が中心の縫い目を辿り、会陰へと移動する。あ、やっぱりアヌスを舐められたことを根に持っていたのかと悟るなり、放射状のシワがチロチロとくすぐられた。

「あ、ダメだよ、そんな――」

女の子に尻の穴を舐めさせて平然としていられるほど、益男は図太くない。申し訳ないし、畏れ多い。背徳的な悦びが高まったのは事実でも、居たたまれずに尻をくねらせる。

けれど、伸恵のほうは少しも厭うことなく、執拗に舌を這わせ続ける。逃げられないように、四つん這いになった牡腰をがっちりと抱え込んで。

（ああ、こんなのって……）

恥ずかしさと快感で、頭がボーッとしてくる。放射状のシワを舌先が這い回るたびにむず痒い悦びが生じて、尻の筋肉をすぼめずにいられなかった。

（おしりの穴って、こんなに気持ちいいのか！）

真由美が嬉しがったのも当然だ。

下半身全体が気怠くなり、力が入らない。お隣の人妻からフェラチオをされたときだって、ここまでの脱力状態にはならなかった。肉体のただ一点、肛門を攻められただけで、全身を支配されていたのだ。

ようやく悪戯《いたずら》な舌がはずされる。益男は息も絶え絶えであった。

「ほら、大きくなったわ」

伸恵の声で我に返る。いつの間にか怒張していたペニスが反り返り、下腹にへばりついていたのだ。ビクビクと脈打ち、早くも先走りをこぼしている感じがある。

そこに、しなやかな指が絡みついた。

「あ——ううう」

軽くしごかれただけで、目の奥に火花が散る。

「すっごく硬いですよ。さっきよりも元気ビンビンって感じです」

嬉しそうに言われて頬が熱くなる。すると、アヌスに再び何かが触れた。今度は舌ではなく、どうやら指らしい。

「あ、あ——」

唾液で濡れたところをこすられ、腰がガクンとくだける。同時に、分身が痛いほど漲りきった。

「あ、また硬くなった。キンタマよりも、おしりの穴が感じるんですね」

伸恵が感心したふうに言う。恥ずかしくて耳が熱くなったものの、気持ちいいのは確かなのだ。

(うう、まずいよ)

肛門をヌルヌルとこすられながら、ペニスをしごかれる。再び頂上へ向かう兆しがあり、益男は焦った。四つん這いの姿勢のまま、全身をくねらせて喘ぐ。

「そ、そんなにされたら、また出ちゃうよ」

荒ぶる呼吸の下から訴える。強ばりの根元で、歓喜のトロミがフツフツと煮えたぎっていたのだ。

「え、もう?」

驚いて問い返した伸恵であったが、すぐに愛撫を中断した。また射精したら、今度こそ復活が難しいとわかっているのだろう。

「ふう……」

事なきを得て、益男は大きく息をついた。再び尻の穴をいじられてはたまらないと、四つん這いの姿勢をとく。

「じゃ、いよいよ童貞卒業ですね」

笑顔で告げた伸恵が、たくし上げていたスカートをむっちりした若腰からはずす。さらに、上半身の衣類も手早く脱いでしまった。

(ああ、素敵だ)

見た目は清楚なリクルート女子大生が、たちまち一糸まとわぬ姿となる。

瑞々しいヌードは、雑誌のグラビアで目にするものとは異なっていた。腰の位置が低いし、お腹のあたりに余分なお肉もある。下半身が全体に太く、いささかアンバランスだ。

けれど、それゆえに生々しくて、妙にそそられる。

「やだ、そんなに見ないでください」

つい無遠慮に凝視してしまったものだから、伸恵が両腕で胸もとを隠す。恥じらいの眼差しで睨んできた。

「あ、ああ、ごめん」

「もう……柿谷さんも脱いでください」

彼女は部屋の隅に折りたたんであった蒲団を勝手に敷き、その上に身を横たえた。せっかくの初体験だから、畳の上では忍びないと思ったらしい。全裸になったのも、そのほうが女を抱く気分が高まると考えたからではないのか。

(本当にセックスできるんだ)

益男は焦り気味にシャツを脱いだ。股間の分身をいく度も反り返らせ、若い女体に近づく。

ふわ――。

柔肌からたち昇る、甘ったるい香りが悩ましい。鼻息が自然と荒くなる。

「さ、来てください」

伸恵は立てた膝を大きく開き、牡を迎えるポーズをとった。濃い恥叢が燃え盛る女芯をあられもなく晒し、淫蕩な笑みすら浮かべて。

グピっ——。

喉が浅ましい音を立てる。初体験への期待がふくれあがり、目眩《めまい》を起こしそうになった。

「で、では、失礼します」

いささか間の抜けた言葉をかけて、益男は若い女体に身を重ねた。

素肌が触れあう。しっとりしたなめらかさに、うっとりせずにいられない。無性にジタバタしたくなった。

「焦らないで、落ち着いてくださいね」

牡の昂奮を悟り、伸恵が心配そうに言った。

5

いよいよ童貞とおさらばできることで、かなり昂ぶっていたらしい。自分でもそれがわかったから、益男は深呼吸をして落ち着きを取り戻そうとした。

（挿《い》れた途端に出ちゃったら、元も子もないものな）

そうならないように、伸恵は手で射精に導いてくれたのだ。まあ、精液が飛ぶところを見たかったのもあるのだろうが。

ともあれ、今度はバッチリと決めねばならない。男になって、新たな人生を踏み出すのだ。オナニーばかりの日々とは、今日でサヨナラだ。

そのとき、不意に大事なことに気がつく。

「あの、コンドームとか着けなくてもいいの？」

外に出すよう求められても、初めてだからうまくやれる自信がない。もちろん避妊具など常備していないから、必要ならコンビニで買ってくるしかないだろう。

ところが、彼女は首を横に振った。

「ああ、心配しなくてもだいじょうぶですよ。わたし、生理が重いから、ピルを飲んでるんです」

「ピル？」

避妊のための、そう呼ばれる薬があることは知っていた。だが、生理をコントロールするためにも飲まれるものらしい。

「だから、気持ちよくなったら、中でいっぱい出してくださいね」

嬉しい言葉に感激する。なんて優しい子なのだろう。

「うん、それじゃ——」

腰を太腿のあいだに入れ、結ばれる体勢になったところで、

「あの、お願いしてもいいですか？」

伸恵が遠慮がちに申し出る。

「うん、なに？」

「ええと、おっぱいを吸ってほしいんです」

目許を朱に染めてのおねだりが可愛らしく、頬が緩む。大胆なようでいて、まだ社会に飛び立つ前の女子大生なのだ。

「いいよ」

益男はからだを浮かせると、ふっくらした乳房を視界に入れた。

盛りあがりはそれほど大きくないけれど、仰向けになってもかたちが崩れないだけの張りがある。さすがに若い。頂上のちんまりした突起も、淡いピンク色だ。

リクエストに応え、可憐な乳頭に口をつける。チュッと軽く吸うなり、彼女の背中が浮きあがった。

「あふン」

艶めいた声が洩れ、上半身がピクンとわななく。自ら求めるだけあって、そこが性感帯のようだ。

益男はチュパチュパと音を立てて乳首を吸いねぶった。

(ああ、美味しい)

母乳など出ていないのに、ほのかに甘い。空いているほうのふくらみは手で揉み、突端を指で摘まんで転がす。

「ああ、あ、気持ちいいッ」

伸恵がよがり、裸身をくねらせる。汗ばんだらしく、肌の匂いが甘酸っぱくなった。

乳頭を吸いねぶり、嬉々として舌鼓を打つ益男であったが、彼女の真の意図にふと気がつく。

(ひょっとして、おれを落ち着かせるために、おっぱいを吸わせたんじゃないのか?)

さっきまでの激しい昂ぶりが、嘘のようにおとなしくなっている。女子大生の乳房を存分に味わい、欲望こそ継続していたが、初体験を前にしているにもかかわらず、比較的冷静ではなかったか。

「あん、あん、もっとぉ」

伸恵が裸身をしなやかにくねらせる。硬くなった突起をねぶられて身悶えるのは、演技ではなさそうだ。

しかし、彼女がおっぱいを愛撫させたのは、同世代の童貞男がうまく結合を遂げられるようにと、考えてのことに違いない。それまでは自分から何も欲しなかったのに、挿入直前になって唐突に求めたのだから。

(ああ、なんていい子なんだろう)

益男は感激した。伸恵が汚して捨てたパンティを、姉の形見だなんて嘘をついたことを後悔せずにいられない。

お詫びのしるしに、丹念に乳首を舐め、吸ってあげる。舌先で転がすと、彼女は悦びに喘いで総身をわななかせた。

「くううう、か、感じるぅ」

あられもない声をあげるリクルートガール。息づかいをハッハッと荒くして、背中を弓なりに浮かせた。

「ね、ねえ……も、我慢できない」

切なげな訴えに、益男は乳頭から口をはずした。見ると、彼女は頰を紅潮させ、熱っぽい眼差しを向けていた。

益男はナマ唾を飲んだ。その瞬間が迫ってきたことを悟ったのだ。

「お願い……挿れて」

淫らなおねだりに、胸の鼓動が高鳴る。益男は無言でうなずくと、腰の位置を調節して結ばれる体勢になった。

すると、伸恵がふたりのあいだに手を差し入れ、いきり立つ分身を握る。

「こ、ここに」

身をしなやかにくねらせ、ふくらみきった亀頭を膣口へと導いてくれた。

（いよいよだ——）

ふれあう粘膜が熱さを行き交わせる。期待と昂ぶりにまみれ、益男は腰をブルッと震わせた。ペニスも力強く脈打つ。

「い、いくよ」

「はい」

短く言葉を交わしてから、牡の漲りを女体の奥へと侵入させる。狭い入り口を切っ先で圧迫すると、そこがゴムのように広がるのがわかった。

「あ、あ、あ、来るぅ」

伸恵が首を反らせ、なまめかしい声を発する。いよいよ彼女の中に入るのだと、鼻息を荒ぶらせて腰を沈めると、

ぬるん――。

愛液の潤滑剤のおかげで、亀頭の裾がやすやすと呑み込まれた。

「あふッ」

なまめかしい喘ぎがこぼれる。同時に、狭まりがくびれをキュッと締めつけた。

「おおお」

益男もたまらず声をあげた。啼きたくなるほど快かったが、もっと気持ちよくなりたいという熱望もこみ上げる。それに、もっと深いところでこの愛らしい娘と結ばれたかった。

本能に従い、残りの分も女膣に侵入させる。内部の柔ヒダはヌルヌルした蜜にまみれ、迎え入れた強ばりを包み込む。

「ううう っ」

快さが体幹を伝う。ふたりの陰部がぴったりと重なり、とうとうひとつになれたのだと、実感がこみ上げた。

（ああ、チ〇ポが入ってる）

男になれた喜びと、快感が同時に高まる。

仲恵がうっとりした面持ちで呼吸をはずませる。甘い香りのそれが、顔にふわっとかかった。

(おれ、セックスしてる……これが女性の中なのか——)

ペニスにまつわりつく媚肉が、かすかに蠢いている。どこもかしこも生きているのだと感動を覚えるなり、堪えようもなくオルガスムスの波が襲来した。

「ああ、あ、駄目——くううぅ」

賢明に歯を食い縛っても、すでに手遅れ。益男は目のくらむ愉悦に引き込まれ、ドクドクと射精した。童貞を奪ってくれた女の子の、蕩けるように熱い膣奥へと。

「くはッ、はっ、はあ……」

息が荒ぶる。からだのあちこちが、ピクッ、ビクンと痙攣した。

(ああ、出しちまった)

絶頂の余韻の中、情けなさに苛まれる。事前に一度放精したのに、こうもあっ気なく爆発してしまうなんて。いくら初体験とはいえ、あまりに情けない。

「イッちゃったんですか?」

仲恵の問いかけに、涙がこぼれそうになる。

「うん……ごめん」

「謝らなくていいんですよ。だって、我慢できないぐらいに、わたしで感じてくれたんですから。むしろうれしいぐらいです」

笑顔で慰められ、ますます居たたまれなくなる。そのとき、無意識にか膣口をすぼめた彼女が、「あら?」と目を輝かせた。

「柿谷さんのオチ〇チン、まだ大きいままみたいですよ」

「え?」

言われて、分身が未だ強ばりを解いていないことに気がつく。それだけ膣の締めつけが快いからなのか。

「これなら続けてできますね」

愛らしい笑顔に、益男は頬を緩めてうなずき返した。とは言え、まったくの初心者なのであり、どんなふうに動けばいいのかよくわからない。

益男は腰をそろそろと引いた。ほんの数センチもペニスを戻したところで、せわしなく奥へと戻す。簡単に抜けてしまいそうな気がしたのだ。

「きゃふぅうウン」

伸恵が甲高い声で啼いた。感じてくれたようだ。

（このまま続ければいいんだな）

おっかなびっくりのピストン運動。最初は振れ幅が短かったものの、次第に腰の動きが安定し、長いストロークの出し挿れになる。

「あ、ああっ、感じる」

リクルート娘の嬌声も励みになった。

肉根を出し挿れすると、中出しした精液がグチュグチュと泡立つ。もちろん彼女の愛液も混じっているのだろう。

リズミカルに腰を振ることで、仲恵はいっそう乱れた声をあげた。

「あ、あ、あン、あふっ、いいのぉッ」

裸身が大きく波打ち、甘酸っぱい汗の香りを振り撒く。愛らしかった容貌が、淫らに蕩けていた。

おかげで、抽送にも熱が入る。もっといやらしい声をあげさせたいと、力強いブロウを繰り出した。

「くううッ、い、いい、感じすぎるぅ」

汗ばんだ身をくねらせてよがる彼女は、とうとうはしたないことを口走った。

「あうう、お、オチ〇チン、とっても硬いのぉ」

貫かれる女芯をキュウキュウとすぼめ、もっとしてとばかりに牡の背中へ爪を立てる。ここまで感じさせていることに、益男は泣きたくなるほどに感動した。

（初体験なのに、ここまで感じさせることができるなんて——）

これも、相手が伸恵だからこそだ。なんて素晴らしい相手と巡り逢えたのだろう。あのとき、パンティを飛ばした風に感謝したくなった。

抜き挿しされるペニスは、うっとりする快さにまみれている。だが、頂上まではまだ余裕があった。二度も放出したあとだから、思うがままに女体を責め苛むことができる。

慣れてきたピストン運動に、益男は変化を加えてみた。浅くしたり深くしたり、のの字を描くように腰を回したりと。オナニーのオカズに使用したエロ週刊誌や官能小説から得た知識にのっとってのものだ。

「ああ、あ——そ、それいいッ」

伸恵が悩乱の声をあげたことで、狙いが間違っていなかったことを知る。特に、浅く深くを交互に繰り出すと、「あんあん」と子犬みたいに啼き、若いボディを絶え間なく痙攣させるのだ。

（ああ、なんてエッチなんだ）

あられもない反応に、自分が最高にいやらしいことをしている気分になる。それにより、あったはずの余裕が次第になくなってきた。

（うう、もうちょっと）

せっかくだから、彼女を絶頂に導きたい。そうすれば、挿入するなり果てたことも帳消しとなり、男としての自信も得られるはずなのだ。

だが、伸恵は喜悦の声をあげながらも、なかなか昇りつめそうになかった。感じているフリをしているわけではなさそうだったものの、あと一歩及ばない。

そして、とうとう限界を迎える。

「あ、あ、もう――」

益男がオルガスムスの波に巻かれると、彼女は膣をなまめかしくすぼめた。

「いいですよ。イッてください」

「ご、ごめん。あああ、で、出るぅ」

目の奥に火花が散る。益男は腰をぎくしゃくと振り立てながら、女体の奥へ濃厚なエキスをたっぷりと注ぎ込んだ。

（気持ちいい……最高だ）

心地よい疲労感でぐったりし、柔らかなボディに身を重ねていると、伸恵が優しく頭を撫でてくれる。

「どうでしたか、初めてのエッチは？」

「うん……すごく気持ちよかった。ありがとう、伸恵さん」

「どういたしまして」

クスッと笑った彼女が頭をかき抱き、唇を重ねてくれる。ふにっとした柔らかさと、吐息のかぐわしさにうっとりしたとき、これがファーストキスであることに気がついた。

（おれ、本当に男になったんだ――）

実感が胸の底からこみ上げる。生きていてよかったと、この世に生を受けたことの喜びも感じた。

こうして益男は、大切な人妻パンティを失った代わりに、童貞を卒業したのである。

第三章　エッチなのにバージン

1

無事に童貞を卒業したことで、益男はかなりの自信を得た。

(おれはもう童貞じゃないんだ。女を知ってるんだ。怖いものなんかないぜ!)

と、自惚《うぬぼ》れたことを考えるほどに。

伸恵と初体験を遂げられたのは、その前に人妻の真由美と愛撫を交わしたおかげでもある。何しろ、彼女からもらったパンティが風に飛ばされたことが、リクルート女子大生と引き合わせてくれたのだから。

それに、真由美との交歓があったからこそ、伸恵に対しても自然に、というより図々しく振る舞えたのだ。以前の自分だったら、いきなり顔に座ってほしいなんて、口に出せなかったはず。

　そして、男になった益男が次に望むのは、ずばり恋人であった。〝彼女いない歴イコール年齢〟からの脱却だ。

（よし、これからは好きなひとにちゃんと告白しよう）

　童貞ではないのだから、そんなことぐらい朝飯前に思えた。

　益男のアルバイト先は、チェーン店の大衆居酒屋である。仕事がけっこうキツく、いつもは重い足取りで出かけるのだが、今日は浮き浮きしていた。昨日童貞を卒業したばかりで、それこそ生まれ変わったような気分だった。

「あ、おはようございます」

　バックヤードに入ると、先に来ていたバイト仲間が挨拶をしてくれる。大学三年生の岸部愛乃《きしべあいの》だ。

「おはよう、岸部さん」

　益男は朗らかに挨拶を返した。これまでは年下の彼女に対しても、伏し目がちにオドオドした態度を見せることが多かったのである。我ながら著しい成長だ。

　おかげで、愛乃はちょっと驚いたふうに目を丸くした。いつもと違うことに、すぐ気づいたようである。

けれど、さすがに童貞を捨てたことで自信をつけたとは思いもしないのだろう。戸惑いを浮かべつつも、口許をほころばせた。

(可愛いな……)

密かに想いを寄せていた彼女にときめきつつ、益男はふと思った。

(愛乃ちゃんは、セックスの経験があるのかな?)

明るくてはきはきした彼女は、小動物を連想させるあどけない容貌もあって、バイト仲間に人気がある。すでに居酒屋の制服に着替え、エプロンもしているのだが、ごく機能的なはずのファッションが輝いて見えるほどだった。

ただ、彼氏はいないようで、狙っている男は何人もいる。益男もそのひとりなのだ。

とは言え、どうせ自分なんて相手にされないだろうと、これまでは卑屈な感情が先に立っていた。しかし、今なら告白できるのではないか。

もっとも、可憐な笑顔を前にすると、臆さずにいられない。いかにも純真で天使のようだから、自身の醜さや邪《よこしま》な感情をすべて見透かされている気がするのだ。

「どうかしましたか?」

押し黙ってしまった益男に、愛乃が首をかしげる。そんな愛らしいしぐさにも、息苦しさを覚えた。

そのとき、

「おい、ミーティングを始めるから、すぐに集まれよ」

バイトリーダーに声をかけられ、彼女は「はあい」と明るく返事をした。

「それじゃ、先に行ってますね」

「あ、ああ、うん」

小走りでバックヤードを出て行く愛乃の後ろ姿を目で追い、益男は落ち込んだ。

（せっかく童貞を捨てて男になったっていうのに、おれってやつは……）

今はふたりっきりで、告白するチャンスだったのである。なのに、想いを伝えられなかったどころか、完全に臆していた。

もう怖いものはないなんて息巻いていたのに、結局のところ何も変わっていなかったのだ。中身は童貞の頃とまったく同じ。だらしなくて情けないままではないか。

益男は打ちひしがれた気分で制服に着替えた。ミーティングが終わって仕事に入ってからも、なかなか立ち直れなかった。

今日の担当はバーカウンターである。次々と注文されるドリンクを用意しながら、益男の目はホールを行き来する愛乃を自然と追った。

ここの居酒屋は、とにかく安さが売りだ。店内のテーブル席は、老若男女を問わずほぼ埋まっていた。

ただ、お客が多いわりに、人件費の節約で接客担当が少ない。呼び出しのチャイムが二分と空けずピンポンと鳴る中、愛乃はコマネズミみたいにくるくると動き回っている。

目が回るほど忙しいのに、彼女は決して笑顔を絶やさない。注文に応じるときも、料理やドリンクを運ぶときも、常にニコニコしている。

（いい子だよな、本当に）

見た目も性格も満点だ。彼女になってくれたら、これほど嬉しいことはない。

（よし。バイトが上がったら、絶対に告白しよう）

そう決心したとき、愛乃が中年の酔客たちのテーブルに呼び止められたのが見えた。注文を受けているふうではない。絡まれているのか口説かれているのか、笑顔が消えた表情に困惑が浮かんでいる。

いつもではないが、たまに面倒を起こす輩がいるのである。金を払っている客だから、店員に対して何をしてもいいのだと勘違いをする連中が。下卑た顔つきから、彼らがその類いであることは明らかだ。

（まずいぞ。助けなくっちゃ——）

益男は用意したばかりのドリンクをトレイに載せると、すぐさまカウンターを出た。もちろん、彼らが注文したものではない。

「お待たせいたしました。生ビールがふたつとモスコミュール、それから黒糖梅酒のロックです」

くだんのテーブルに行って声をかけると、中年男たちはきょとんとした顔を見せた。

「おい、そんなの頼んだか？」

「いや、おれたちじゃねえだろ」

「え、そうですか？」

益男は空惚《そらとぼ》け、不安げな顔をしている愛乃に問いかけた。

「岸部さん、このドリンク、どちらのテーブルかわかるかな？」

「え？　ああ、はい……」

「じゃ、お願いするよ」

トレイを渡すと、彼女は納得したようにうなずき、安堵の笑みをこぼした。

「はい、わかりました」

愛乃が立ち去ると、益男は怪訝そうにしている酔客たちに向き直った。

「あ、お客様。追加のご注文はありますか？」

彼らはすっかり白けた様子で顔を見合わせると、「いや」と首を横に振った。

「では、ごゆっくりどうぞ」

益男は踵を返してその場を離れた。うまくあしらえたと、胸を撫で下ろして。


閉店は深夜零時。後片付けをして店を出たときには、午前一時を回っていた。

「柿谷さん」

声をかけられてドキッとする。振り返ると、先に出たはずの愛乃であった。

「あ、岸部さん」

心臓が鼓動を速める。バイトの後で彼女に告白しようと決めていたのを、今さら思い出したからだ。閉店間際まで忙しくて、すっかり忘れていた。

「今日はありがとうございました」

ペコリと頭を下げられ、うろたえる。

「お客様に絡まれていたところを、助けていただいたじゃないですか」

「え、な、何が？」

言われて、益男は「ああ」とうなずいた。

「わたし、お店が終わったら付き合ってくれってあのひとたちに言われて、困ってたんです。でも、柿谷さんが飲み物を持ってきてくださったおかげで、うまく逃げられました」

やはり口説かれていたのか。とにかく何とかしなければと夢中だったから、ほとんど反射的に行動したのである。

「いや、ちょっと危なそうな雰囲気だったから、早く対処しなくちゃと思ったんだ」

「はい。おかげで助かりました。本当にありがとうございました」

愛乃が目を潤ませる。感謝されるのは嬉しい反面、照れくささも大きい。

「そんな大したことじゃないよ」

「いいえ。わたしはとても嬉しかったんです。あ、それで、お礼っていうわけじゃないんですけど、これからちょっと付き合っていただけませんか？」

「いいよ、お礼なんて」

「いえ、お礼っていうよりも、むしろお願いなんです」

「え？」

きょとんとする益男の腕に、愛乃が甘えるようにしがみついた。

「ね、お手間は取らせませんから、わたしの部屋に来てください」

こんな遅い時間に部屋へ呼ぶなんて。あるいは手料理でもご馳走するつもりなのか。

（いいんだろうか……）

益男が躊躇したのは、独り暮らしであろう若い娘の部屋にお邪魔していいものかと思ったからだ。しかも深夜に。

しかし、二の腕に当たる彼女の胸もとが、やけにふっくらして柔らかだったものだから、理性がくたくたと弱まる。

（待てよ。ふたりっきりになれば、今度こそ告白するチャンスだぞ）

愛乃はかなり感謝しているようだし、案外あっさりと恋人になってくれるのではないか。だったら行かない手はないと思えてくる。

「わかった。付き合うよ」

「よかったぁ。ありがとうございます」

目を細めたキュートな笑顔に、益男はときめかずにいられなかった。

2

「どうぞ。狭いところですけど」

招かれた部屋は、小綺麗なマンションの一室だった。

ワンルームで八畳ほどだから、たしかに広いとは言えない。けれど、綺麗に片づいており、益男の貧乏くさい安アパートとは雲泥の差だ。

落ち着かなかったのは、自分の住まいと比較して卑屈になったからではない。女子大生のひとり住まいであることに加え、室内にこもる甘い香りに劣情を煽られたからだ。

（ああ、愛乃ちゃんの匂いだ……）

彼女のそばで何度も嗅いだ、清涼なかぐわしさ。それを煮詰めて濃くした感じのものが、呼吸するたびに鼻から入ってくる。

おかげで、油断するとたちまちペニスが膨張しそうであった。

（――て、妙なことを考えるんじゃないぞ）

益男は自らを戒めた。これから秘めてきた想いを告白するのだ。邪な気分に囚われて、台無しにするわけにはいかない。

勧められてベッドに腰かけると、愛乃もすぐ隣にぴったりと身を寄せて座る。シーツに染み込んだものと、彼女自身が漂わせるかぐわしさに、頭がクラクラするようだった。

「えと、それで、お願いって？」

身を堅くして訊ねると、愛乃の表情から笑みが消える。一度目を伏せたあと、覚悟した眼差しで見つめてきた。

「わたし、バージンなんです」

出し抜けの告白に度胆を抜かれる。益男は目を白黒させるばかりであった。

大学三年生だから、愛乃はもう二十歳を過ぎているはず。だが、セックスの経験がないことに関しては、特に驚きはない。

何しろ顔立ちがあどけないし、いかにも純真そうだ。性格も真面目だから、いたずらに男と付き合うこともないのだろう。処女だというのもうなずける。

それに、益男自身、是非そうであってほしいと願っていたのだ。好きな女の子には、清らかなからだでいてもらいたいと。

驚いたのは、どうしてそんなことを打ち明けたのか、さっぱりわからなかったからである。

するると、愛乃がすっと立ちあがる。無言で服を脱ぎだしたものだから、益男は狼狽した。

「え、ちょ、ちょっと」

声をかけても無視されて、彼女はとうとう下着姿になった。

見た目は幼い感じでも、肉体は女らしく成長しているよう。全体に柔らかな曲線で構成されたボディを包むのは、処女に相応しい純白のインナーだった。

だが、目立った装飾のないブラとパンティにもかかわらず、ナマ唾を呑み込まずにいられないほどセクシーだ。初体験を済ませたとはいえ、ナマ身の女体にまだ慣れていないからだろう。つい目を見開き、凝視してしまう。

（どうしてこんなことを――）

我に返って見あげると、愛乃は頬を赤らめていた。行動は大胆でも、まったく恥ずかしくないわけではないらしい。

まして、バージンというのなら、男の前でこんな姿を晒すのは初めてなのであろうし。

「岸部さん……」

掠《かす》れ声で呼びかけると、彼女が表情を引き締める。

「お願いです。わたしのバージンをもらってください」

告げられたのは、信じ難いことであった。

「わたし、初めての相手になってくれるひとを、ずっと探していたんです。今日、柿谷さんに助けていただいて、このひとがそうなんだって確信しました。だから、わたしとエッチしてください」

ストレートすぎるお願いに、益男は現実感を失っていた。

(初めてを捧げたいってことは、つまり、恋人になってほしいって意味なんだよな……?)

こちらも彼女に好きだと告白しようとしていたのである。両想いというわけで、素直に喜んでいい状況ではあった。

しかしながら、やはり展開が急すぎる。益男はどうすればいいのかわからず、途方に暮れていた。

そんな彼にはおかまいなく、愛乃はすでにセックスするつもりになっているようだ。ベッドにあがり、そろそろと身を横たえる。

「あの……お願いします」

掠れ声で告げた彼女の、すっきりとへこんだ腹部が、わずかに上下していた。

「あ――うん……」

下着姿になったということは、ロストバージンの覚悟ができているのだろう。

愛乃は瞼を閉じ、好きにしてくださいというふうに手足をのばしている。

女の子がここまで積極的になっているのだ。何も手出しできないなんて、男としてみっともない。彼女に恥をかかせないためにも、望まれたことをするべきだ。

(おれはもう童貞じゃないんだぞ。何をオドオドしてるんだよ)

自らを叱りつけ、ベッドに上がる。とりあえず無難なところからと、女らしい肉づきの太腿に触れた。

(ああ、柔らかい)

ふにっとしているようながら弾力がある。肌もシルクみたいになめらかだ。

ピクッ――。

下肢が小さくわななく。堅く結んでいた唇が、わずかにほころんだ。

処女の太腿をすりすりと撫でれば、愛乃がもどかしげに腰を揺らす。感じているのだろうか。心なしか呼吸もはずんでいるようだ。

そんな反応を見せられれば、牡の劣情が高まるのは必然のこと。益男の鼻息もいつしか荒くなっていた。下着姿の女体からたち昇る、甘ったるい肌の匂いにも幻惑されそうだ。

(うう、たまらない)

純白の下着を毟《むし》り取り、すぐにでも素っ裸にさせたい。裸体にむしゃぶりつき、荒々しく突きまくりたい。そんな情動もこみ上げる。

だが、彼女は初めてなのだ。いくら処女を捨てる覚悟ができていても、無茶なことはできない。ここは怖がらせないよう、優しくしてあげなければならない。

(落ち着けよ……)

自分に言い聞かせながら、手を移動させる。清楚なパンティが守る腰回りを飛ばして腹部を撫で、ブラに包まれた乳房にそっと掌をかぶせた。

「あ――」

愛乃が小さな声を洩らす。反射的に肩をすぼめたものの、抵抗はしない。

カップ越しにも柔らかさが感じられるふくらみは、益男の手にちょうどいい大きさであった。そんなところにも運命的なものを感じて嬉しくなる。

「ブラ、はずしてもいい?」

訊ねると、愛乃が小さくうなずく。からだを横にして、背中のホック部分を益男に向けた。はずしてという無言の訴えだ。

処女の乳房をガードするブラジャー。震える指でホックをはずすと、それはくたっとして力を失い、役目を終えた。

愛乃が再び仰向けになる。カップはふくらみに載っているだけだ。

コクッ——。

堪えようもなく喉が鳴る。

「と、取ってもいい？」

上ずった声で了解を求めてから、手をのばす。彼女は瞼をしっかり閉じており、長い睫毛がかすかに震えていた。

カップをはずすと、男を知らないおっぱいがあらわになる。

ふっくらしたドーム型の盛りあがりは、仰向けでもほとんどかたちを崩していないようだ。若いから、それだけ張りがあるのだろう。

（ああ、綺麗だ）

まさにバージンホワイトか。白い肌の頂上には、インクを垂らしたみたいな淡い桃色の乳暈。中心の小さな突起が、ふるふると怯えていた。

「すごく可愛いよ」

感動を込めて告げると、愛乃がクスンと鼻をすする。頬がさっきよりも紅潮していた。

乱暴にしたら壊れそうなふくらみに、益男はそっと触れた。ふにふにした柔らかさは、太腿よりも頼りない。あっちがパン生地なら、こちらはマシュマロか。

「んぅ」

おっぱいをモミモミすると、切なげな呻きが洩れる。セックスの経験はなくとも、ちゃんと感じるようだ。

続いて、可憐な乳首を摘まむ。クリクリと転がすなり、裸の上半身が反り返った。

「あああ」

愛乃が極まった声をあげる。眉間にシワが刻まれ、益男はたまらなくなった。普段のあどけない笑顔とギャップがあり、やけに色っぽく感じられたのだ。

そうなれば、ただされるだけでは物足りない。

「ここ、吸うからね」

いちおう断わってから、ピンク色の乳頭に口をつける。硬くなりかけていた突起を吸い転がすと、愛らしい女子大生がますます乱れだした。

「あ、あふ、くぅぅううっ」

艶声をこぼし、腰をくねらせる。両膝をすり合わせるのは、早くも秘部がムズムズしているからではないのか。

煽情的な反応に、益男の全身も熱くなる。ブリーフの中でペニスが脈打つのを感じながら、舌をピチャピチャと躍らせた。

「あ、あ、感じる——」

処女があられもない言葉を口にした。セックスの経験がなくとも、愛撫で快感を得られるのだ。

それで幻滅することはない。感じさせているのは、他ならぬ自分なのだから。

「う、ううう……あアッ」

乳首をねぶられ、愛乃が身をくねらせる。あどけなさの残る女子大生でありながら、そのよがりっぷりは牡の劣情を煽るのに充分すぎるいやらしさだ。未だ男を知らないバージンだというのに。

(ああ、なんてエッチなんだ)

舌を忙しく動かしながら、益男は全身を熱く火照らせた。当然ながら、股間のシンボルは痛いほどに膨張し、脈打っている。

「はうう、そ、そこぉ」

反対側の乳頭にも吸いつくと、嬌声がいっそう甲高くなった。そちらのほうが、より感じるらしい。ずっと吸われ続けて、肉体が敏感になっていたせいもあるかもしれないが。

「ああ、あ、いやぁ……き、気持ちいい」

清純なはずの彼女が、はしたなく乱れれば乱れるほど、愛しさが募る。

(おれ、処女の子をこんなに感じさせてるんだ)

という、男としてのプライドが高まることで、情愛が増してくるのである。

もっと感じさせるべく、益男はちゅぱちゅぱとおっぱいを吸いねぶりながら、手を下半身へ移動させた。白いパンティが守る穢《けが》れなき苑を、薄布越しにまさぐる。

「あふン」

愛乃が背中を浮かせ、腰をビクッと震わせる。それ以上いじられまいとするかのように、太腿をぴったりと閉じた。

しかし、指はその部分にはまり込んだままだ。

（濡れてる……）

クロッチに蒸れた湿り気がある。乳首を吸われて愛液をこぼしたのか。

いや、その前に、純潔を捧げる覚悟を口にしたときから、期待の蜜を滲ませていたのかもしれない。何しろ、すぐにでも挿れてほしいと求めるみたいに、服をさっさと脱いだのだから。

とにかく、彼女がその気になっているのは間違いない。ならばと、益男は指先を陰部にめり込ませた。

「あ、あっ——」

愛乃が焦った声をあげ、若腰をガクガクとはずませる。こちらもかなり敏感なようだ。

じゅわ——。

奥から熱いものが染み出した感じがある。秘部を刺激されて、新たな淫蜜を溢れさせたのではないか。

「濡れてるよ」

乳頭から口をはずし、囁き声で告げると、バージン女子大生が「いやあ」と嘆く。瞼を開き、泣き出しそうに潤んだ目で見つめてきた。

「……ね、柿谷さんも」

切なる呼びかけに続き、下半身に甘美な衝撃が走る。疼いていた分身が、ズボンの上から握られたのだ。

「あうう」

予想もしなかった攻撃に、たまらず呻いてしまう。ここまで大胆に振る舞うとは思わなかった。

そのとき、愛乃がちょっぴりほほ笑んだ気がした。男を感じさせられたことが嬉しかったのか。

「ね、脱いでください……わたしだけハダカなんてずるいです」

「う、うん」

益男は彼女から身を剝がすと、手早く服を脱いだ。いよいよなのだと、期待をふくらませながら。

3

益男はブリーフのみの姿になった。身にまとうのはパンティ一枚という愛乃と同じである。

このまま改めて抱きあってもよかったのに、益男はちょっと考えてから、最後の一枚に手をかけた。さっさと脱いでしまったほうが、行為を進展させられると考えたのだ。

「キャッ」

ブリーフが下ろされ、いきり立つ肉根があらわになる。愛乃が小さな悲鳴をあげた。処女としては当然の反応であろう。

そのくせ、視線は牡のシンボルへ真っ直ぐに向けられていたのである。

（うう、見られてる……）

昂奮状態を晒した異性は、彼女が三人目である。なのに、これまでになく背すじがゾクゾクした。

おそらく、男を知らない女子大生に見せつけることに、背徳的な悦びを感じるからであろう。ペニスもはしゃぐように反り返り、下腹をぺちぺちと打ち鳴らした。

「あん、すごい」

つぶやいた愛乃が、唇を物欲しげに舐める。あたかも、おしゃぶりしたいと暗に訴えるかのように。

(大胆なんだな、愛乃ちゃん)

だが、そのおかげで、想いを寄せていた彼女とこういうことができるのだ。

「さわってみる?」

震える声で誘いをかけると、彼女がハッとしたように裸の上半身を強ばらせた。

「え、でも……」

逡巡を浮かべたものの、好奇心には勝てなかったらしい。コクッとナマ唾を飲み、からだを起こした。

「あ、ちょっと待って」

益男は愛乃と交代して、ベッドに横たわった。手足をのばし、好きにしてというポーズで見あげる。

「いいよ。さわっても」

などと言われても、まったく経験がないのである。彼女はまばたきを繰り返し、途方に暮れている様子であった。

(導いてあげたほうがいいのかな?)

思ったものの、いたいけなバージンがどうするのかと興味が湧く。勃起したペニスをまじまじと凝視していたから、案外思い切った行動に出るかもしれない。

　屹立は愛撫をせがむように脈打ち、鈴割れから透明な汁をこぼす。すぐにでも握ってもらいたいのが正直な気持ちであったが、ここは我慢して待つことにした。

「——それじゃ」

　二分近くも経って、ようやく愛乃が動く。怖ず怖ずと手をのばし、いきり立つ牡器官に指を回した。

　ただ、最初からしっかり握るのは無理だったらしい。筒肉に指が触れる程度に、輪っかをすぼめただけであった。

「むふぅ……」

　鼻から熱い息がこぼれる。柔らかな感触に快さが広がり、ほとんど反射的に腰を浮かせてしまう。

「やん、熱い」

　猛るペニスを手にして、愛乃が悩ましげにつぶやく。触れたことで勇気が出たのか、今度は力を込めて強く握った。

「あああ」

　益男は堪えようもなく喘いだ。ずっと疼いていたものが鎮まり、代わって蕩けるような快感が全身に行き渡ったのである。

「すごい……こんなに硬くなるんですか？」

処女の面持ちに怯えが浮かぶ。牡器官の予想以上の猛々しさに戸惑っているようだ。鉄のごとく漲りきっているばかりか、悦びを得てビクンビクンと脈打つのだから。

「そうだよ。でないと、女性のアソコに入らないからね」

まだ一度しか経験がないくせに、益男は偉ぶって告げた。

「これが、アソコに──」

処女膜を切り裂かれる場面を想像したのか、愛乃は泣きそうになった。

にもかかわらず、手を上下にそっと動かしたのは、感触をたしかめるためばかりではなかったろう。益男が「うう」と呻いて腰をよじると、感動したように目を細めたのだから。

「気持ちいいんですか？」

「う、うん」

うなずくと、彼女が安堵の表情を見せる。「よかった」と小さくうなずいた。

おそらく、初めてのときはどうすればいいのかと、事前に展開をあれこれ考えていたのではあるまいか。ほぼ予想どおりに進み、喜んでいるふうでもある。

(本当に、初体験の相手をずっと求めていたんだな)

だが、セックスをして終わりではない。そこからが本当の始まりなのだ。

(愛乃ちゃんが、おれの彼女なるんだ)

考えるだけで、ニヤけそうになる。好きだった女の子と付き合えるなんて、まったく夢のようだ。

だったら、いっそ童貞と処女で結ばれたかったなと、益男は思った。しかし、それではうまくできない恐れがある。真由美や伸恵との経験があるからこそ、今も比較的落ち着いていられるのだ。

そして、より大胆に求めたくなる。

「岸部さんのも、おれに見せてくれないかな」

この要請に、彼女はきょとんとした。

「え、見せるって、何を？」

「いや、おれのも見せてるんだからさ」

ようやくどこを指しているのかを理解したらしい。愛乃はうろたえ、手にした強ばりをギュッと握った。

「で、でも、それは――」

「女の子のアソコは、みんな違うんだよ。前もってちゃんと見ておかないと、うまく挿れられないかもしれないんだ」

純真なバージンは、益男の言葉を素直に信じたようだ。目を潤ませながらも、仕方ないというふうにため息をもらした。

「わかりました」

屹立から手を離し、最後の一枚に両手をかける。迷いを浮かべたものの、決意を固めるように唇を引き結んだ。

「ぬ、脱ぎます」

それは、自らを励ます言葉だったのだろう。白い薄物がヒップからつるりと剝きおろされた。

(ああ、綺麗だ……)

目の前に、一糸まとわぬ穢れなき裸身がある。益男はコクッと喉を鳴らした。まるで妖精のようだと、見たこともないくせに思う。神々しいまでに鮮烈なヌードに、この世のものとは思えない気高さと、神秘的なものを感じたのだ。

脱いだパンティをベッドの下に落とすと、愛乃は焦り気味に股間を手で隠した。

ヴィーナスの丘を飾る淡い秘毛を、ばっちり見られたあとにもかかわらず。

「こ、これでいいんですか？」

泣きそうな声で訊ねるのがいじらしい。しかしながら、この程度では見せたうちに入らない。

「ううん。ちゃんと見せてくれなくっちゃ」

「ちゃんとって……どうすればいいんですか」

「ええと、おれの顔を跨いでくれる？」

処女には酷なことだと知っていながら、つい欲望にまみれた要請をしてしまう。

さすがに愛乃は顔色を変えた。

「ま、跨ぐって——」

「おれのほうにおしりを向けてさ。そうすれば、お互いのをいっしょに見て、さわりあうことだってできるじゃないか」

破廉恥な体勢は、あくまでも相互愛撫が目的なのだと主張する。それにより、彼女も半分がた納得した顔を見せた。

しかし、恥ずかしいことに変わりはあるまい。

「うう……こんなのって」

嘆きながらも、愛乃がベッドの上で膝立ちになる。それこそ清水の舞台から飛び降りるみたいな面持ちで、益男の頭をのろのろと跨いだ。

オールヌード以上に鮮烈な光景が目の前にある。くりんと丸いおしりと、そこから続くスリットが牡の目を奪った。

（これが愛乃ちゃんの——）

愛しい女の子の、秘められた部分。ただ、膝立ちでほぼ真っ直ぐ立っているから、そこはぴったりと閉じている。

「ねえ、またおれの、さわってくれる？」

求めると、「は、はい」と返事がある。愛乃が前屈みになり、ペニスに手をのばした。

おかげで、秘められたところがよりあらわになる。おしりもぱっくりと割れ、可憐なアヌスも見えた。

処女の秘苑は、ぷっくりと盛りあがった陰唇がわずかに赤らんでいる。割れ目からのはみ出しがほとんどない、すっきりした清楚な眺めだ。

（ああ、可愛い）

いかにも未経験というあどけない佇まいに、胸がときめく。ただ、見た目こそ生々しくないけれど、そこからこぼれる秘めやかなパフュームは、牡を激しく昂ぶらせるものだった。頭の芯がキュウッと絞られるほどに。

（こんな匂いなのか……）

熟成しすぎたヨーグルトに、発酵した大豆製品を練り込んだかのよう。これまでに嗅いだふたりの女性──人妻の真由美と、就活女子大生の伸恵──の恥臭よりも、はるかに濃密でケモノじみていた。

もっとも、アルバイトで忙しく働いたあと、シャワーを浴びていないのだ。匂いが強いのは当然だろう。

それに、愛らしい女の子の飾らない秘臭は、そのギャップゆえにたまらなくいやらしい。

加えて、ペニスに絡む指が快さを与えてくれるのである。そこが雄々しくしゃくり上げ、処女の指に逞しさを誇示した。

「あん、すっごく硬い」

愛乃がつぶやき、ヒップをくねらせる。続いて、

「あ──あの、わたしのそこ、イヤな匂いがしませんか？」

焦りを含んだ声で訊ねた。自身の秘部が正直なフレグランスを漂わせていること

とに、ようやく思い至ったようである。

正直に伝えようものなら、逃げられるのは確実だ。悟られる前に、益男は処女のヒップを摑んで引き寄せた。

「キャッ」

悲鳴があがると同時に、ふっくらした双丘が顔面に重みをかけてくる。鼻の頭が女芯にめり込み、なまめかしい匂いが鼻奥にまで流れ込んだ。

（ああ、すごい）

濃厚なそれに、頭がクラクラする。ペニスも猛々しく頭を振った。

「もぉ、やだ……え、嘘——」

抗ってヒップをくねらせた愛乃が、息を呑んだのがわかった。手にした牡器官がいっそう膨張したものだから、不埒《ふらち》な行ないを咎めるタイミングを逸したらしい。

「こんなになっちゃうなんて……」

そうなった理由を、悟っているのだろうか。戸惑いながらも、柔らかな手指が怖々《こわごわ》と上下しだした。

「むふぅううッ」

益男は腰をはずませて呻いた。

いやらしい処女臭をたっぷりと嗅ぎ、しかもぷりぷりした若尻と密着しているのだ。昂奮がうなぎ登りに高まり、感じずにいられない。

（うう、たまらない）

「すごいわ……壊れちゃいそう」

脈打ちを著しくする肉根を、愛乃は持て余しているふうである。包皮が張り詰めてしごきづらくなったのか、握りに強弱をつけるだけになった。それが快くももどかしい。

（しゃぶってくれないかなぁ）

淫香にむせ返りそうになりながら、フェラチオを望む。しかし、バージンにそこまで求めるのは、さすがに無理だろう。

（待てよ。こっちが舐めれば、お返しにしゃぶってくれるかもしれないぞ）

ではさっそくと、益男は湿った恥割れに舌を差し入れた。内部に溜まった蜜を掬い出すと、そこが慌てたようにすぼまる。

「あ、ダメ」

拒否されたのもかまわずねぶり続けると、「あ、あっ」と艶めいた声があがった。

「だ、ダメですぅ。そこ……よ、汚れてるんですからぁ」

洗っていない秘部を舐められることには抵抗があるようだ。だが、女芯は物欲しげに収縮している。

(気持ちよくないのかな?)

舌をピチャピチャと躍らせれば、くりんと丸いおしりが痙攣した。筋肉が収縮し、双丘に浅い凹みをこしらえる。

「いやいや、あ——くううぅ」

呻いて尻の谷を忙しく閉じ、牡の鼻面を挟み込む女子大生。そちらには蒸れた汗の香りに混じって、ほんのわずかだが秘めやかな発酵臭があった。

(これが愛乃ちゃんのおしりの匂い——)

バイト中に大きいほうの用を足したのだろうか。究極のプライベートを暴き、胸が高鳴る。

「うう、もぉ、エッチなんだからぁ」

愛乃が腰をくねらせながらなじる。だが、ねぶられる恥辱はいやらしくすぼまっていた。まるで、もっと舐めてとせがむみたいに。

おまけに、膣奥から甘い処女蜜をトロトロと溢れさせていたのだ。

（ああ、美味しい）

益男は清らかなラブジュースで喉を潤し、ねちっこい舌づかいでさらなる湧出《ゆうしゅつ》を促した。

「い、いいんですか？　そこ、本当に汚れてるんですよ」

呼吸をせわしなくはずませながら、愛乃が申し訳なさそうに訊ねる。たしかに恥芯はかなり匂っていたし、細かなカス状のものが舌に感じられる。恥垢が溜まっていたのではないか。

しかしながら、穢れなきバージンの秘苑である。恥ずかしい垢だって貴重だし、汚いなんて思うはずがなかった。

かまわずクンニリングスを続けていると、彼女は切なげによがりだした。

「あ、あん、そこぉ」

嬌声を洩らし、猛る肉根を両手でギュッと握る。

「むうぅ」

快感が高まり、益男は煽られるように舌を忙しく動かした。敏感な秘核を狙えば、わななきが女体の隅々まで広がる。

「くううう、き、気持ちいいッ」

愛乃はとうとう悦びを口にし、下半身をガクガクと波打たせた。こぼれる喘ぎが亀頭にふわっとかかるから、かなり顔が近づいているようだ。

このまま舐めてくれないかと、熱望がこみ上げる。尻肉を割り広げ、谷底のアヌスがヒクヒクと蠢くのを見つめながら、益男は舌を動かし続けた。

と、可憐なツボミがわずかにふくらんだかと思うと、中心に一瞬だけ小さな空洞ができる。そこからスッと風が洩れた。

（あ――）

親しみのある発酵臭がほのかに香り、益男は察した。愛乃がオナラをすかしたのだと。

次の瞬間、ペニスの尖端がチュッと吸われたのは、彼女が粗相を誤魔化そうとしたからではないのか。

「むふぅ」

益男はたまらず女芯に熱い息を吹きかけた。続いて、敏感な粘膜をペロペロと舐められ、気持ちよさに腰の裏が痺れるようだった。

（愛乃ちゃんがおれのを――）

望んでいたことではあるが、処女に淫らな奉仕をされ、さすがに罪悪感を覚える。その一方で、快感も際限なくふくれあがるのだ。

オーラルセックスに関する知識を、処女ながら持っていたのだろうか。愛乃が頭を徐々に下げる。亀頭が温かく濡れたところにすっぽりと覆われるなり、悦楽の震えが全身に行き渡った。

（あ、まずい――）

焦ったときにはすでに遅く、爆発へのカウントダウンが始まる。それを停止させることは、もはや不可能であった。

「むうううーッ」

射精しそうなことを、益男は呻き声で訴えた。濡れた陰部で口許を塞がれていたから、言葉にならなかったのである。

しかし、相手はバージンで、シックスナインも初めてなのだ。そんなことでは、牡の絶頂を察することはできなかったらしい。

結局、益男は蕩ける快美に負け、愛乃の口内に精汁をほとばしらせた。

「む――」

その瞬間、若い裸身が強ばる。さすがに何が起こったのか理解したのだろう。舌を回し、溢れるものをいなそうとしたようだ。

だが、初めてでうまくできるはずがない。

「ぐ――ケホッ！」

ザーメンが気管に入ったのか、彼女は噎せてペニスを吐き出した。

「ごほっ、ケホッ、うえぇ」

益男の上から離れた愛乃は、涙をこぼしていた。ベッドにぺたりと座って咳き込み、口許から白濁の粘液をドロリと垂らす。痛々しくも淫らな光景に、萎えかけた牡器官がヒクンとしゃくりあげた。

「あ、ティッシュ」

ベッドの枕元にあったボックスを渡そうとする前に、彼女はベッドからおりてパタパタと戸口のほうへ向かった。くりんと丸いおしりをはずませて。

間もなく、洗面台でうがいをする音が聞こえてきた。

(悪いことしちゃったな……)

罪悪感に苛まれつつ、益男は股間やシーツに垂れた牡液の後始末をした。もしかしたら口内発射されたことで嫌気が差して、愛乃が初体験を先延ばしにするのではないかと危惧しながら。

4

数分後、彼女が戻ってくる。

「いきなり口に出すなんてひどいです」

恨みがましげな目つきでなじられ、益男は首を縮めた。いちおう合図をしたんだけどと心の中で反論しつつ、「ごめん」と謝る。

「だいたい、アレを出すのなら、ちゃんとアソコに――」

「え？」

「あ、な、何でもありません」

愛乃がうろたえ、落ち着かなく目を泳がせる。それとなく益男の股間に視線を向けるなり、「あっ」と声をあげた。

「そこ、小さくなってるじゃないですか」

「え？　ああ、精液が出たからね」

「じゃあ、もう大きくならないんですか!?」

「そんなことないよ。さわりあったりして、昂奮すればいいんだから」

彼女は安堵の表情を見せたあと、わずかに眉をひそめた。恥ずかしい恰好で舐めあうのは、もう懲り懲りだったのだろう。

「じゃあ、わたしが大きくしてあげます」

バージン女子大生がベッドに上がる。座っていた益男の前に膝をつき、股間の真上に屈み込んだ。

チュッ――。

力なくうな垂れていたペニスが摘まれ、亀頭が軽く吸われる。射精して間もないせいもあって、くすぐったさの強い快美が背すじを走り抜けた。

「くうう」

益男は堪えようもなく呻き、シーツの上で尻をくねらせた。

その反応に気をよくしたのか、愛乃が柔茎をすっぽりと含む。唾液を溜めた口内で、ピチャピチャと泳がせた。

「あ、あ――」

悦びが増大し、じっとしていられなくなる。両膝を曲げ伸ばしするのに合わせて、下半身に血液が集まった。

口の中でムクムクと膨張するものに、愛乃は戸惑ったようである。顔を上げ、唾液に濡れた牡器官を観察した。

「あ、大きくなった」

嬉しそうに目を細め、なおもふくらみつつある肉根をしごく。海綿体がいっそう充血したものの、完全勃起には至らなかった。

それは彼女にも理解できたようだ。

「これ、さっきはもっと硬かったですよね？」

上目づかいで訊ねられ、益男は背すじがゾクッとした。穢れなきバージンが、大胆なことを口にしたからだ。

「いや、それは——さっきは、岸部さんのアソコを舐めてたからね」

その前から硬く勃起していたのであるが、愛乃は素直に信じたらしい。困惑げに視線をさまよわせたのは、またシックスナインをしなければならないのかと、気が重くなったためではないのか。

本人が気乗りしないのに、同じことをさせるのは酷である。益男はさすがに心が痛んだ。ならばと、別の手立てを考える。

「えと、下のところもさわってもらえる？」

「え、下って、キンタ——」

はしたない言葉を言いかけて、愛乃が口をつぐむ。恥じらいつつも驚きを隠せなかったのは、男の急所だと知っているからだろう。

「そこも撫でられると気持ちいいんだ」

そのことを、益男は人妻の真由美に教えられた。フェラチオで高まったところで陰嚢を愛撫され、たちまち爆発してしまったのだ。

「そうなんですか?」

「うん。だけど、そっとだよ」

「わかりました」

愛乃がもう一方の手を玉袋に差しのべる。ちょっと迷いを浮かべたものの、下から持ちあげるようにして優しくさすった。

「あああ」

たまらず声をあげてしまう。下半身が意志とは関係なくガクガクとはずんだ。

「あ、本当に気持ちいいんですね」

あからさまな反応で納得したらしい。処女が嬉しそうに目を細めた。

柔らかな指が嚢袋を撫でる。ムズムズする快感が、海綿体に血流を送り込んだ。

「すごい。オチ○チンがこんなに硬くなりましたよ」

手にした肉棒が力を漲らせたものだから、愛乃は目を丸くした。陰嚢への愛撫がここまで効果的だとは、想像もしなかったのだろう。

そして、完全勃起したことで悦びが著しくなる。

（ああ、すごい）

指の柔らかさがはっきりと感じられる。ゴツゴツした芯を包皮越しにこすられるだけで、腰の裏が甘く痺れた。

座っていることが億劫《おっくう》になり、益男はベッドに仰向けで横たわった。脚をだらしくなく開き、好きにしてというポーズをとる。

すると、愛乃が股間に顔を伏せる。またフェラチオをしてくれるのかと思えば、彼女が口をつけたのは玉袋のほうだった。

「うああ」

軽くキスされただけで、背すじがぞわぞわする。さらに可憐な舌が、毛まみれのシワ袋を厭うことなく這い回った。

（ああ、そんなことまで……）

牡の急所が性感帯だと理解し、だったら舐めればもっと感じるに違いないと判断したようだ。実際、それは狂おしいまでの愉悦をもたらしてくれた。

「あ、あ、くうう」

自然と呻きがこぼれる。鼠蹊部が甘美にまみれ、身をくねらせずにいられない。肉体的な快さもさることながら、穢れなき処女からタマ舐めをされることにも、背徳的な悦びを覚える。いいんだろうかと申し訳なさを覚えるほどに、全身が熱くなるのだ。

ねろり……ねろ――。

温かな舌が、陰嚢に清涼な唾液を塗り込める。ふたつの睾丸がぐにぐにと動かされ、それにもあやしい快感が高まった。

その間、ペニスは緩やかにしごかれるだけであった。にもかかわらず、鈴口から透明な汁が多量にこぼれる。清らかな指を淫らにヌメらせ、一部は下腹にも滴っていた。

ようやく愛乃が陰嚢から口を離したとき、益男は息を荒ぶらせ、悶絶寸前であった。

「わあ、こんなにお汁をこぼしてる」

昂奮の証しを目の当たりにし、女子大生が目を細める。卑猥な潤滑液を用いて、屹立を楽しげにヌルヌルとしごいた。

「あ、あ、そんなにしたら出ちゃうよ」

切羽詰まった声で訴えると、愛乃は慌てて手を離した。また射精したらまずいと悟ったようだ。

「じゃあ、今度はちゃんと、わたしの中に出してくださいね」

大胆な台詞を口にして、益男と交代する。ロストバージンを目前にして、ベッドに横たわった彼女の表情には、さすがに緊張が浮かんでいた。

その一方で、期待もあるのだろう。頰が紅潮し、瞳が妖艶にきらめいている。

「さ、来てください」

処女が両手を差しのべて招く。

（ああ、いよいよだ）

益男は胸の高鳴りを抑えきれないまま、愛乃に正常位でかぶさった。

なめらかで柔らかな裸身と密着しただけで、昂ぶりが最高潮に達する。これが初体験である彼女以上に、のぼせ上がっていただろう。

（て、昂奮しすぎだぞ）

気が逸《はや》りすぎて失敗しては、元も子もない。とにかく落ち着けと、益男は自らに言い聞かせた。

そのとき、ふと気がついて危ぶむ。

(ちゃんと濡らさなくて大丈夫なのかな?)

シックスナインで舐めあったものの、こちらが先に爆発したから、充分ではなかったかもしれない。もう一度愛撫して、濡らしてあげたほうがいいのではないか。何しろ初めてなのだから、うまく入らない恐れがある。

ところが、

「して、柿谷さん——」

愛乃が首に腕を回してくる。しがみつくみたいに抱き寄せられては、今さら離れることはできなかった。

(ええい、だいじょうぶだろう)

益男はやむなく、開かれた脚のあいだに腰を割り込ませた。

ガチガチに強ばりきっていた分身に、手を添える必要はなかった。ふくらみきった先端が、処女の秘苑に浅くめり込む。

(わ、すごい)

亀頭が熱い潤みを捉える。そこはバターでも溶かしたみたいにしとどだった。ほんの少し力を加えるだけで、ヌルッと入ってしまいそうだ。

（こんなに濡れてたなんて……）

フェラチオやタマ舐めをしながら昂ぶり、愛液をこぼしていたというのか。バージンなのに、なんていやらしい子だろう。

けれど、目を潤ませた愛らしい面立ちを見ると、何でも許せてしまう。自分を初めての男に選んでくれた、大好きな女の子なのだから。

「それじゃ、挿れるよ」

真顔で告げると、愛乃が口許を引き結ぶ。小さくうなずいてから瞼を閉じた。長い睫毛は濡れており、怯えるようにふるふると揺れる。首に回していた腕をほどくと、彼女は益男の二の腕を摑んだ。

（これで愛乃ちゃんを、おれのものにできるんだ）

気概を胸に満たし、益男は腰を沈めた。肉槍の穂先が濡れ割れをこじ開け、より深く入り込む。

「ううッ」

愛乃が呻く。上半身がわずかに反り返った。

行く手を遮る狭まりがある。結合を果たすには、打ち破るしかない。それはきっと、彼女に苦痛を与えることになるだろう。

しかし、女になることを望んだのは、他ならぬ愛乃自身なのだ。ここは心を鬼にして進まねばならない。

（ごめん……）

心の中で謝り、女体の深みを目指して突き進む。

亀頭の丸みが入り口を圧し広げる。限界まで広がった関門が、不意にプチッと切れた感覚があった。

「あああーっ！」

悲痛な声が室内に響き渡ったとき、先端が熱い締めつけにまみれていた。

（もう少し――）

完全なる結合を目指し、益男は肉の槍を処女地へと押し込んだ。

「イヤイヤ、い、痛いーッ」

悲鳴にも臆することなく、狭道をずむずむと侵略する。程なく、ふたりの下腹がぴったりと重なった。

（ああ、入った）

ペニスの根元が、窮屈な締めつけを浴びている。肉胴には濡れたヒダがぴっちりとまつわりつき、侵入物を確かめるように蠢く。

ひとつになっている。愛らしい女子大生の処女を奪ったのだ。

「あ――ううう」

愛乃が眉間に深いシワを刻む。閉じた瞼の隙間から、涙の雫がポロリとこぼれた。

破られた入り口部分はやけに熱く、ズキズキと切ない鼓動が伝わってきた。濡れた感触もある。どうやら出血しているらしい。

「だいじょうぶ？」

気遣うと、彼女が目を開ける。潤んだ眼差しに、益男の胸は痛んだ。

「はい……わたし、してるんですよね？」

ストレートな問いかけに、分身がビクンと脈打つ。愛しさにかられて唇を重ねようとしたとき、二の腕を摑んでいた手にギュッと力が込められた。

「柿谷さん、ちゃんと最後までして……わたしの中に出してくださいね」

甘い吐息が香る。じっと見つめられ、益男は気圧されるのを覚えた。

「う、うん」

戸惑いながらも強ばりをそっと後退させ、再び膣内に戻す。粒立った柔ヒダが、敏感なくびれをぴちぴちとはじいた。

「ううう」

たまらず呻いてしまうと、愛乃が苦しげな表情で見つめてきた。

「わたしの中、気持ちいいですか?」

「うん、最高に」

「よかった……もっとよくなってください」

瞼が閉じられる。気高さすら感じる美貌に、益男はうっとりと見とれた。

(おれ、愛乃ちゃんの処女をもらったんだ)

初体験のときとは異なる感動にまみれ、うぶな女体を責め苛む。

(ああ、気持ちいい)

蕩ける歓喜に、鼻息が自然と荒くなった。

「う……うぅ」

愛乃が呻き、顔をしかめる。かなりの痛みがあるに違いない。けれど、決して音を上げることなく、唇を引き結んで耐えている。

そんな健気な姿にも打たれ、益男は程なく頂上を迎えた。

「あ、あ、いくよ」

「は、はい」

「あああ、愛乃ちゃん——」

愛しいひとの名前を呼び、益男は熱情の滾りを膣奥へドクドクと放った。それは、この上ない充実感に満ちた射精であった。


「……わたし、女になったんですね」

行為のあと、シーツに散った赤い花を確認して、愛乃がつぶやく。

「そうだよ」

射精後の気怠さと、処女を捧げられた喜びにひたりつつ、益男がうなずく。すると、彼女がペコリと頭を下げた。

「ありがとうございました。これで好きなひとに告白することができます」

「え?」

「わたし、同じ大学に憧れてる先輩がいるんです。だけど、自分なんて子供っぽいから相手にされない気がして、早くオトナの女になりたかったんです」

益男は唖然として愛乃を見つめた。だから処女を捨て、女になろうとしたのか。

(おれのことが好きだから、バージンをくれたんじゃなかったのかよ)

彼女には、他に想いびとがいたなんて。

つまり、自分は単に処女を破るためのペニスを貸しただけということだ。そんな理不尽な話があるものか。

だが、いくら憤ったところで、現実は変わらない。

「柿谷さんのおかげで自信がつきました。明日、さっそく告白しますね」

にこやかに言われても、返す言葉がない。てっきり愛乃と恋人同士になれるものと思っていたから、ショックが大きかった。

(何だよ、それ……)

こうして益男は、バージンを捧げられた代わりに、恋心を無残に打ち砕かれたのである。

第四章　面接で商品モニター

1

（よし、就職しよう！）

益男は決心した。大学まで出たのに、いつまでもフリーターに甘んじていてはいけない。一社会人として、責任のあるポジションにつくべきなのだ。

なんて綺麗事は、あくまでも世間様へのアピールにすぎない。一番の理由は、就職しないことには彼女もできないという、本人にとっては切実な状況を打開するためであった。

まあ、要するに、処女を与えてくれた愛乃に失恋したショックが、未だ尾を引いていたのである。

考えてみれば、初体験の相手だったリクルート女子大生の伸恵とも、あれっきりなのだ。肉体を繋げたのだから、もっと親しくなってもよかったはずなのに。

やはり、六畳一間の貧乏アパートで暮らすフリーター男とは、甲斐性がないから付き合えないのではないか。彼女自身は真面目に就職活動をしていたのだから、尚さらそう思うに違いない。

(ようし。いい会社に入って、じゃんじゃん稼いで見返してやるからな)

などと息巻いたところで、すんなりうまくいくほど世間は甘くない。そもそも大学時代の就活がうまくいかなかったのは、大したスキルもないくせに、給料がよくて女子社員が多いところと選り好みをしたせいなのだ。

そして、そういうさもしい根性は、今に至るも変わっていなかった。

まずは情報を集めなければと、ネットやハローワークであれこれ探す。職種よりも何よりも、まずは俸給。それから社員の男女比率を、会社紹介の写真や仕事内容から見当づける。そこがクリアできれば、キツい汚い危険の3K仕事だろうが、差別まる出しのKKK団だろうが、喜んで就職したであろう。

だからと言って、どんな仕事でもやり抜く根性があるわけではない。目的のためなら手段はどうでもいいという、猪突猛進の無鉄砲さゆえである。まだ見ぬ理想の恋人に照準を合わせ、ひたすら鼻息を荒くしていたのだ。

しかしながら、好景気にはほど遠いご時世である。そうそう理想的な職場などあるはずがない。

おまけに、時期も中途半端なのだ。条件のいいところは、とっくに採用枠が埋まっている。新卒でない益男に残されたのは、文字通り残りものだけであった。

(ええい、残りものには福があるんだ)

都合よく考えて、ここでいいやと直感で決める。スピリチュアルな能力などないくせに、まったく無謀なことをするものだ。

そこは、仕事内容は「商品開発」で、給与は完全歩合制だった。「学歴経験一切不問」、「健康で探究心旺盛な人材求む」など、いかにも胡散くさそうである。

おまけに社名が「ハニートラップ」だ。

ところが、益男は少しも意に介さない。だったら引っかかってやろうじゃないかと、むしろ挑戦的な心境になった。

電話をすると、さっそく明日にでも面接に来てほしいと言われる。こんな簡単にいくなんて、ますます怪しい。

だが、いったん走り出したら止まらない。〝劣情に駆られたらすぐにオナニー〟の精神にのっとり、益男は押入れからリクルートスーツを引っ張り出すと、翌日くだんの会社を訪れた。

そこは繁華街にある古ぼけた雑居ビルだった。周囲には風俗やぼったくられそうな飲み屋、大人のオモチャ屋ぐらいしか見当たらない。

環境の悪い場所だなと眉をひそめつつ、会社のある最上階のフロアにエレベータで上がる。社名の標示があるドアを「失礼します」と開けるなり、予想もしなかった光景が目の前に広がったものだから、益男は絶句した。

一階がおかまバーで、二階が性感エステという猥雑なビルにある会社だ。どうせ小汚くて、怪しいところに決まっている。面接をして駄目だとわかったら、さっさと退散するつもりでいた。

ところが、デスクの並ぶ広いオフィスに足を踏み入れれば、中は白壁で意外と綺麗だったのだ。おまけに、そこで働く十数名の社員たちは、みんな女性だったのである。

しかも、明らかに若い子ばかり。

茫然として佇む益男に、近くにいた女子社員が声をかけた。

「何かご用でしょうか？」

「え？　あ、あの、就職の面接に来たんですけど」

「ああ、柿谷様ですね。こちらへどうぞ」

先導され、益男は怖ず怖ずと彼女のあとに続いた。

そんな彼を少しも気にすることなく、女子社員たちは黙々とデスクワークに勤《いそ》しむ。もっとも、どんな仕事をしているのか、さっぱりわからなかった。

（ひょっとして、社名のまんまハニートラップを請負う会社なのか？）

益男は訝った。ここにいるのはただの社員ではなく、男を騙すことを任務にしているのではないか。実際、可愛らしい子が多いようであるし。

しかし、だったら男性社員を募集するはずがない。

（いや、男色趣味の相手を引っかけるための要員かもしれないぞ）

それはさすがに勘弁してもらいたい。騙すだけなら最後までしなくてもいいのだろうが、男相手に媚など売りたくなかった。

そんなことを考えるあいだに案内されたのは、奥にあるもうひとつのドアの前だった。重たげな木調のそこには、「社長室」というプレートが掲げてある。

（社長が直々に面接するのか？）

小さな会社なら、そういうこともあるのだろう。それゆえに、採用決定も早そうだ。

女子社員はノックをしてドアを開けた。

「社長、面接の方がいらっしゃいました」

「あらそう。通してちょうだい」

中から聞こえたのも女性の声である。完全なる女所帯の会社で、いったいどんな仕事をするというのか。

(待てよ。欲求不満の女子社員たちの、夜のお相手をするのかもしれないぞ)

要は社員厚生の役割だとか。厚生というよりは性交か。だったら嬉しいなと浮かれたことを考えつつ、女子社員に促されて社長室に入る。

「失礼します」

さすがに緊張し、益男は深々と頭を下げた。まず目に入った大きくて高価そうなデスクに、一瞬で圧倒されたのだ。

そして、恐る恐る顔を上げれば、そちらも立派な黒革の重役椅子に腰かけていたのは、三十歳前後と思しき細面の美女であった。

「あなたが柿谷益夫君ね」

女社長が悠然と立ちあがる。デスクを回ってこちらに進み出た彼女の服装は、黒に細い縦縞の入ったスーツであった。

スカートがかなり短く、むっちりした太腿をベージュのストッキングが包んでいる。ジャケットの胸が大きく盛りあがり、艶腰もタイトミニがはち切れそうだ。着衣の上からでも抜群のプロポーションだとわかる。

「わたしが『ハニートラップ』の社長、坂本《さかもと》亜里沙《ありさ》よ。よろしく」

右手を差し出され、益男は焦り気味に握手をした。ところが、三十路前後の女社長の手が、やけに柔らかくてなめらかだったものだから、うっとりしてしまう。

(こんな綺麗な社長の下で働きたい)

そう思わずにいられなかった。

「じゃあ、さっそく面接っていうか、テストをするわね」

「え、テスト?」

「あなたがこの会社でやっていけるかどうかを見極めるのよ」

どんなテストなのかと、益男はさすがに緊張した。どうやら筆記試験ではなさそうなのだが。

「じゃ、そこに座って」

促されるまま、デスクの前にあった応接セットの、三人掛けソファーに腰をおろす。亜里沙は向かいのひとり掛けに座るのだろうと思っていたら、すぐ隣に豊満なヒップをおろしたものだから狼狽する。

「ところで、ウチの会社が何を作っているのか知ってる？」

顔を覗き込むようにして質問され、益男はしゃちほこ張った。

「い、いいえ」

「でしょうね。男には縁のないものだから」

そう言って、彼女は前のテーブルの下から何かを取り出した。

（あ、これは——）

ひと目見て理解する。棒状の胴体に、振動する丸い頭部のついたそれは、一般的には電動マッサージ器だ。コードがついていないから充電式のようである。

だが、アダルトビデオでは、もっぱら女性に快感を与えるために用いられる。昨今ではそちらの使用法がポピュラーな感すらあった。おかげで、「電マ」という略称もけっこう浸透している。

「これ、何に使うものかわかる？」

「ええと、マッサージの機械です」

差し障りのない回答をすると、亜里沙が首を横に振った。

「そんな取り繕ったことを言わなくてもいいのよ。あなただって本当は知ってるんでしょ？　女の子がオナニーに使うものよ」

ストレートな発言に、益男は目を丸くした。

女社長は、さらにスティック状やら卵型やら、リモコン付きのものも含めて、様々な振動器具をテーブルの上に並べた。男性器をかたどった露骨なバイブがなかったのは、女性でも買い求めやすいようにという配慮からなのだろう。

「ウチは女性が快適なオナニーライフを送れるための商品を開発しているの。仕事でもプライベートでも、何かとストレスを溜めやすい女性たちのためにね」

だから女子社員ばかりだったのかと、益男は納得した。と、亜里沙が最初に見せた電マを手に取る。

「これがウチで一番売れてるやつなの。ちなみに商品名は『ぶるるん電マ君』よ」

どこぞの漫画家からクレームがつきそうなネーミングに、益男は眉をひそめた。

「だけど、女性用の商品を開発している会社が、どうして男性社員を募集したんですか？」

益男の質問に、亜里沙が事情を説明する。

「実は、愛用者からの要望がけっこうあるの。オナニー用だけじゃなくて、パートナーの男性と愉しめる商品も出してほしいっていうのが。あと、そういうのを使って、男の子をヒイヒイよがらせたいなんて女性もいるのよ」

つまりそれは、オナホのことではないのか。

「だけど、そういう商品なら、いくらでも売ってると思いますけど」

「でも、それって男がオナニーに使うものでしょ。そうじゃなくて、女性といっしょに使えるもの、女性が男を悦ばせるために使えるものじゃなくちゃいけないのよ」

既成のオナホとどう違うのか、益男には理解できなかった。女性でも買いやすいものというのであれば、パッケージを工夫するだけでいいと思うのだが。

「じゃあ、そういう商品を開発するために、男性社員も募集したんですね」

「まあね。商品としての完成度を高めるには男の意見が必要だし、使用感も確認しなくちゃいけないでしょ。モニターっていうか、要はモルモットが必要なのよ」

酷い言いぐさに、益男は我知らず顔をしかめた。すべて女性本位で考えているから、男を蔑んでいるのだろうか。

「そういうわけで、あなたが使えるか使えないか、さっそく試させてもらうわ」

「試すって……」

「脱ぎなさい」

「え？」

「下だけでいいから、全部脱ぐのよ」

居丈高に命令し、亜里沙はデスクに戻った。

（脱ぐって……）

戸惑いながらも益男が従ったのは、女社長の傲慢な態度に気圧されていたからだ。言うことを聞かないと女子社員たちが呼ばれ、寄ってたかって身ぐるみ剝がされそうな気もした。だったら自分で脱いだほうがいい。

亜里沙が商品見本らしきものを手に、応接セットに戻る。益男は下半身すっぽんぽんで、所在なくソファーに腰かけていた。

「うん。素直でよろしい」

彼女はニコッと笑みをこぼしながらも、股間を隠していた益男の手を邪険に払った。そして、あらわになった牡の股間をひと目見て、不機嫌そうに眉根を寄せる。

「なによ、勃ってないじゃない」

ペニスが縮こまっていたのが気に食わないらしい。しかし、少しもエロチックな状況ではないのだ。そんな四六時中勃起していたら、ただの変質者である。

とは言え、反論もできずに黙っていると、

「しょうがないわね。そこに寝なさい」

強い口調で命じられる。益男は三人掛けのソファーに横たわった。

と、脇に立った亜里沙がくるりと背中を向ける。タイトミニを躊躇なくたくし上げ、ベージュのパンストが包むヒップをまる出しにした。

(わ――)

益男は目を瞠《みは》った。

はち切れそうにまん丸な、三十路社長のたわわなパンスト尻。薄いベージュに透けるのは、肉色そのままの熟れた臀部だ。なんとTバックを穿いていたのである。

社長室という威厳と品性が求められる空間で、この上なくセクシーなものが目の前に差し出されている。それゆえに、劣情が一気にマックスまでふくれあがった。

そのとき、ソファーで仰向けになっている益男の上に、彼女がいきなり座る。それも、顔を尻に敷いて。

「むぐぅ」

益男は呻き、反射的にもがいた。

クッションの効いたソファーの上だったから、まだよかったのである。これが硬い床の上だったら、頭が完全に潰れていたはずだ。

だが、柔らかくも弾力のある熟れ尻に顔面騎乗され、息ができなくなる。少しでも酸素を確保しようと肺をふくらませた益男は、鼻奥にまで流れ込んだ淫靡な臭気に、たちまち陶然となった。

（ああ、これは……）

スモークチーズに蒸れた汗をトッピングしたみたいな、いささかケモノっぽい匂い。オシッコの磯くささもある。女社長の秘部にこもる、正直すぎるフレグランスだ。

「ほら、こうすれば勃起するでしょ？」

亜里沙が愉しげに尻をくねらせる。ぷりぷりした肉感が牡を昂奮させると踏んだのか、あるいは煽情的なフェロモンの効果を狙ったのか。

どちらにせよ、牡の分身はたちどころに血液を集め、天井目がけて伸びあがる。彼女が座ってから一分も経たないうちに、ガチガチに強ばりきった。

「ふふ、大きくなったわ」

含み笑いの声が聞こえるなり、顔に乗った重みがすっと消える。亜里沙は立ちあがると、すぐにタイトミニをおろした。勃起さえすれば、これ以上のサービスは不要ということか。潔さに感心しつつ、もっと匂いを嗅ぎたかったなと、益男は未練たらたらだった。

「ふうん。けっこういいモノ持ってるじゃない。見た目はとりあえず合格かな」

年上の美女にペニスを品定めされ、さすがに頬が熱くなる。けれど、彼女はこちらのことなどお構いなしだった。

「ほら、いつまで寝てるの。起きなさい」

冷淡に命じる。本当に、男をただのモルモットとしか思っていないらしい。

益男は仕方なくソファーに座り直した。すると、目の前にピンク色の物体が差し出される。

「これを使いなさい」

筒状でシリコン製らしきそれは、明らかにオナホである。

手にとって調べると、挿入部分はただの穴だった。かつて愛用していたものにあったような、女性器を模したレリーフはない。やはり女性が買い求めるものだから、余計な装飾を省いたのか。

「はい、これも使って」

亜里沙が透明な液体の入ったミニボトルもよこす。おそらくローションだ。

(マジかよ……)

女性の前でオナホを使うなんて、これ以上に屈辱的なことがあるだろうか。

抵抗を覚えつつも、ペニスはいきり立ったままビクビクとうち震える。鈴口には早くもカウパーの雫を溜めていた。

亜里沙は自社商品にかなりの自信を持っているようだ。いったいどれほど気持ちいいのかと、使い心地を期待する部分は確かにあった。加えて、彼女に顔面騎乗されたときのもっちりした尻感触と、秘部のなまめかしい匂いの影響も続いていたのだ。

ホールの入り口にローションを垂らし、本体をニギニギして奥まで流し込む。シリコンの感触は、これまで愛用してきたオナホと変わりない。女性が男を悦ばせるための商品ということだが、何か工夫されているのだろうか。

「さ、オチ○チンを挿れてみて」

ストレートな命令に「はい」とうなずき、屹立の先端にホールをあてがう。

これは反対側に穴が空いていない非貫通タイプだ。益男はまずオナホを強く握り、中の空気を抜いた。そのほうが後退させたときに吸われるような感覚があり、気持ちいいからである。

準備を整え、分身をそろそろと挿入させる。ホール部分は弛めに作ってあるらしい。びっくりするほどスムーズに、勃起が奥まで入り込んだ。

(なんだこれ?)

驚いたのは、内部にヒダやツブツブ、一部を狭くするといった加工がまったくなかったからだ。入り口部分は挿入したあともキュッと締まっており、何か特別な仕掛けがありそうだが、気持ちよさげなポイントはそこだけ。これではいくらこすってもイケそうにない。

「どう?」

得意げな表情を見せる女社長に、益男は遠慮がちに駄目出しをした。

「正直、そんなに気持ちよくないですね。入り口部分の締まりはいいんですけど、中がツルツルで、刺激がほとんどないんです」

ところが、彼女が我が意を得たりというふうに笑顔を見せる。試作段階だから、その程度の感想で充分ということなのか。

しかし、そうではなかったのである。

「ちょっと貸して」

亜里沙が交代してオナホを握る。緩やかに上下してくれたが、やはり入り口の締めつけが快いのみだ。内部のヌルヌル感は悪くないけれど、これで射精できるのは、刺激に慣れていない精通前の男子ぐらいではないか。

(もしかしたら、男を焦らすためのオナホなのかもしれないぞ)

それなら女性が使うのもうなずけると思ったとき、亜里沙が握りを強めた。

「あああああっ！」

益男はたまらず声をあげ、ソファーに腰かけたままのけ反った。

(嘘だろ!?)

両膝がガクガクと震え、否応なく腰をくねらせてしまう。背すじが溶けそうなぐらいに気持ちよかったのだ。

「これならどうかしら？」

女社長が愉しげに笑みをこぼす。こうなることがわかっていたというふうに。

(なんだってこんなに感じるんだ!?)

内側の凹凸はなかったはずなのに、今はそれがある。亜里沙が強く握ったことで、オナホ内に変化が生じたのだ。

ペニスに与えられる感触を必死で見極め、ようやく理解する。彼女の指のかたちが、そのまま内壁に浮きあがっていたのだ。

要は、シリコンの指で握られているようなもの。そのため、益男は狂おしい快感に身悶えることになったのである。

「ずいぶん気持ちよさそうじゃない。刺激がほとんどないとか言ってたくせに」

女社長が得意げになじる。息を荒ぶらせる益男を、愉快そうに見つめた。

「こ、これって、どういう仕組みなんですか？」

息も絶え絶えに訊ねると、フフンと笑みをこぼす。

「わかるでしょ？　外側に加えられた力が、そのまま内部に伝わって変化を起こすの。オナニーのときも、自分好みの力加減で愉しめるってわけ。まあ、企業秘密だから、材質とかは教えられないけど」

これまで女性用の電動オナニー器具しか作ってこなかったのに、いきなりこんなものを開発するとは、恐るべき会社だ。オフィスが怪しいビルにあったし、何も期待していなかったのであるが、これは侮れない。

「だけど、これが本当にすごいところは、これからなのよ」

「え？」

「さ、遠慮しないでイッちゃいなさい」

亜里沙が手の動きを速める。益男は息を荒ぶらせ、ソファーの上で腰をはずませた。

「ああ、あ、うああ」

抑えようと歯を食い縛っても、声が出てしまう。屹立をこする性具が、くぽくぽと湿った音を立てた。

（ああ、本当にイッちゃうよ）

いくら許可を与えられても、ためらわずにいられない。何しろ、初めて訪れた会社で、しかも初対面の女社長に愛撫されているのだから。

しかし、忍耐を振り絞るには、未発売のオナホがあまりに気持ちよすぎた。おまけに、熟女社長がもう一方の手を、キュッと持ちあがった陰嚢に添えたのである。

「あ、あ、駄目——」

牡の急所をスリスリと撫でられ、忍耐があっ気なく粉砕される。益男は蕩ける愉悦にまみれ、濃厚な樹液を放出した。

そのとき、亜里沙が握りをさらに強めた。根元から先端に向かって、絞るようにペニスをしごく。

入り口部分がしっかり締まっていたから、内部はほぼ完全な真空状態だった。それにより、ザーメンが強く吸引されたのである。

「くはぁあああっ！」

ほとばしる精液が速度を上げ、快感も際限なくふくれあがる。目がくらみ、頭の中が真っ白になった。

（す、すごすぎる——）

体内のすべてのエキスを吸い取られるみたいな感覚。あまりの気持ちよさに恐怖すら覚えた。

「ほらほら、もっと出しなさい」

亜里沙の声がやけに遠くから聞こえた。

2

強烈な射精感に、益男は魂まで抜かれた気分だった。倦怠にまみれてソファーに身を横たえ、胸を大きく上下させるのみ。

「ほら、すごくいっぱい出たわよ」

亜里沙が愉しげに言う。虚ろな眼差しをそちらに向ければ、逆さにされたオナホから、多量の白濁液がドロリと垂れ落ちるのが見えた。

最初に入れたローションも混じっているのだろうが、オルガスムス時の感覚からして、優に二回分は出た気がする。それゆえに虚脱感も著しく、頭を動かすことすら億劫だった。

ペニスは完全に力を失っている。縮こまって亀頭を半分近くも隠し、陰毛の上に横たわっていた。

「なによ、ぐったりしてるじゃない。そんなに気持ちよかったの?」

自分が絶頂に導いておきながら、亜里沙があきれた口調で訊ねる。しかし、それに応じる気力も残っていなかった。

彼女は精液とローションに濡れた牡器官を、甲斐甲斐しく清めてくれた。柔らかな指がくびれや筒肉に触れ、快かったのは確かだが、それによって勃起が誘発されることはなかった。

「何よ。一回出したらそれで終わりなの? 使えない男ねえ」

女社長が不満をあらわにする。このままでは就職できないかもしれないと、益男は気怠い腰に鞭打って身を起こした。

「い、いえ、そんなことはないです」

力を振り絞って訴えたのは、この会社に入りたいという思いが高まったからだ。女子社員が多いなんてことはどうでもいい。何しろここは、あんなすごいオナホを開発したのである。オナニー界に革命を起こすのは間違いなく、是非その一員になりたかった。

たとえオナニーに溺れて、一生恋人ができなくても。

もともと益男は、まっとうな社会人にならないことには彼女もできないと考えて、就職を決意したのだ。ところが、今や就職が人生の目的になっていた。絶対にこの会社で働くんだと決意するまでに。

「ふうん。思ったより根性があるみたいね」

「はい。だから、是非おれ——僕をここで雇ってください」

「でも、オチ○チンは意気消沈してるみたいだけど。それじゃモルモットとしては失格ね」

うな垂れたままの分身を指さされ、益男は下唇を噛んだ。たとえ人間扱いしてもらえなくても、どうにかして食いさがらなければならない。

「いえ、またすぐ元気になります」

「本当に？　じゃあ、勃起させなさい」

言われて、さすがに安請け合いだったかもと追い詰められる。しかし、四の五の言っている場合ではない。

「あの……社長に協力していただけたら、すぐに勃起します」

「協力って？」

「さっきみたいに、顔に座ってほしいんです」

顔面騎乗のおねだりに、亜里沙は難色を示した。不快そうに眉をひそめ、睨んでくる。さっきは自らタイトミニをたくし上げ、パンスト尻を密着させてくれたのに。

（プライドが高いから、頼まれてするのは嫌なのかな？）

いや、むしろ逆だろう。求められることで、自尊心がくすぐられると思うのだが。

そのとき、迷うように目を泳がせた彼女の頰が、わずかに赤らんでいることに益男は気がついた。

（あ、ひょっとして、急に恥ずかしくなったんじゃ――）

恥じらうタイプには見えないものの、他に理由は思い浮かばない。何か心境の変化があったということなのか。

ただ、そういう反応を見せられると、ますますしてほしくなる。

「お願いします。顔に乗ってもらえれば、すぐに勃起しますから。自信がありま す。このとおりです」

深々と頭を下げると、亜里沙が「わ、わかったわよ」と、渋々承諾した。

「もう……そんなにわたしのおしりが気に入ったのかしら?」

言い訳がましくブツブツとこぼす彼女は、陰部のなまめかしい匂いも牡の昂ぶりを誘ったことに、気がついていない様子だ。

ともあれ、再び魅惑のヒップに乗ってもらえるのだ。益男は嬉々としてソファーに寝転がった。

わくわくして見あげると、戸惑ったふうに背中を向けた女社長は、さっきのようにタイトミニをたくしあげなかった。ホックをはずし、ファスナーもおろしたのである。

(え、脱いでくれるの?)

そこまでしなければ、多量に射精したペニスが復活しないと踏んだのだろうか。

スカートが床に落ち、ベージュの薄物に包まれた下半身があらわになる。ヒップも太腿も女らしく発達し、ムチムチして肉感的だ。熟れた風情もあり、見るだけで劣情が煽られる。

「じゃあ、座るわよ」

覚悟を決めたふうに亜里沙が告げる。

「はい、お願いします」

益男は気持ちを浮き立たせて返事をした。早くも海綿体が充血しそうなのを感じながら。

「お望みどおり人間椅子に、ううん、人間クッションにしてあげるわ」

わざわざそんなことを言ったのは、照れ隠しなのか。彼女は熟れ腰を急降下させ、年下の男の顔面を文字通り尻に敷いた。

「むううう っ」

柔らかな重みがまともにかかり、益男は反射的に呻いた。だが、たちまち極上の窒息感の虜となる。

パンストのなめらかさと、お肉のもっちり感が素敵すぎる。それからもちろん、鼻面がめり込んだクロッチから匂い立つ、濃厚で甘酸っぱい牝臭も。

そのとき、益男は気がついた。彼女の中心が、さっき以上に熱く蒸れていることに。

(え、濡れてる？)

オナホで牡を射精に導くことで、昂ぶったのだろうか。

(ああ、だからなのか)

亜里沙が顔面騎乗をためらった理由を、益男は得心した。秘部が濡れているのを気づかれたくなかったのだ。年下の男を弄びながら、密かに昂奮していた証しなのだから。

それは傲慢な女社長には恥であり、弱みにも等しいことなのだろう。そのことをとっくに気づかれたとも知らず、彼女は誤魔化そうとしたらしい。

「ほら、さっさと勃起させなさい」

益男の顔の上で、たわわなヒップをグライドさせる。陰部もぐいぐいとこすりつけたのは、その刺激によって濡れたことにしようとしたのではあるまいか。実際、

「ああん、感じちゃうわ」

と、わざとらしいよがり声をあげたのだ。

そんな三文芝居など気にかけることなく、益男は情欲を燃えあがらせた。淫らで生々しすぎる秘臭に嗅覚を蕩かされ、モチモチした桃尻の肉感にも、官能を際限なく高められる。

(なんて素敵なおしりだろう)

蒼さの残っていた愛乃の若尻と無意識に比較するからか、柔らかさも大きさも満点以上に感じる。いっそのこと、もっと重みをかけてほしくなった。

ソファーに仰向けになり、それこそ彼女が言ったとおり、クッションにされているわけである。いや、クッションの上でここまで尻をくねらせることはないだろうから、それ以上に手荒な扱いをされているのだ。

しかし、屈辱など感じない。こうやって女社長の尻に敷かれるために雇われてもいいとすら思った。熟れ尻の極上な感触と、濃密なフェロモンに身も心も翻弄されていたのである。

おかげで、完全にダウンしていたはずの分身が、ムクムクと膨張し始める。

「あら。本当に大きくなってきたわ」

亜里沙が嬉しそうに声をはずませる。その部分に手をのばして指を回し、包皮を緩やかに上下させた。

「むふぅううウッ」

手慰み程度の愛撫にもかかわらず、益男は頭の芯が痺れるほどに感じてしまった。それだけ昂奮させられていたわけである。

海綿体が限界まで血流を溜め込む。ビクンビクンと脈打ち、破裂しそうになっているのが見なくてもわかった。

「あん、すごく硬いわ」

亜里沙がつぶやく。気のせいか、腰の動きが悩ましげになったようだ。秘部の温度も上がり、湿り具合も著しくなる。

(けっこう濡れやすいみたいだぞ)

だからこそ、女性用のオナニー器具を開発する会社を立ちあげたのではないか。自らも愉しみたいと考えて。

それで利益も上げられれば、まさに一石二鳥。一粒で二度美味しい、いや、一回のセックスで二度イクようなものか。

(ああ、直に乗ってもらいたい)

新たな欲求がこみ上げる。パンストもTバックも脱いで、ナマ尻で顔に座ってほしくなった。お肉の感触も秘臭も、さらにファンタスティックなものになるだろう。

思い切っておねだりしようとしたとき、ピピピピというアラーム音が聞こえた。

「あら、時間だわ」

そう言って、亜里沙がすっと立ちあがる。顔に乗っていた重みがなくなり、劣情を煽る恥臭も消えてしまったものだから、益男はきょとんとなった。

(え?)

見あげると、彼女がこちらを見おろし、どうしようかというふうに首をかしげる。

「あなたも我が社に入るかもしれないんだから、知っておいたほうがいいかしらね」

つぶやくように言われても、さっぱり意味がわからない。ナマ尻での顔面騎乗を求めようとしていた矢先だったから、耳を貸す気にもなれなかった。

(そんなことより、もう一度——)

パンストから色気が滲み出る下半身を見つめ、顔に乗ってほしいと心の中で訴える。きっと物欲しげな目をしていたはずだ。

「さ、立ちなさい」

亜里沙が無慈悲に命じる。益男はペニスをガチガチに勃起させたまま、仕方なく起きあがった。

彼女は戸口に進むと、ドアを静かに開けた。途端に、なまめかしい声がいくつも聞こえてきたものだからギョッとする。

（え、何だ？）

戸惑う益男を、女社長が「こっちに来なさい」と小声で招く。恐る恐る近づき、ドアの隙間から外を覗くなり、彼は驚愕のあまり固まってしまった。

3

（嘘だろ……）

広々としたオフィスにいる女子社員たちが、それぞれの席でいやらしい声をあげていたのだ。それも、目を閉じた陶酔の面持ちで。

デスクに隠れて、からだは胸から上ぐらいしか見えない。けれど、何をしているのかなんて一目瞭然だ。

「今の時間、オナニータイムなのよ」

亜里沙が囁く。甘い吐息が耳をくすぐり、益男は背すじをゾクッと震わせた。

「お、オナニータイムって？」

「そのまんま、オナニーをする時間よ。それ用の商品を作っているんだから、普段の実践も大切でしょ？　だから、みんなウチの商品を使ってしてるのよ」

なるほど、たしかにくぐもったモーター音が聞こえる。ひときわ大きく響いているのは電マなのだろう。

「それに、イッちゃえばスッキリして、仕事の効率も上がるの。労働基準法で定められた休憩時間を、ウチはこうやって確保しているのよ」

労働基準法では、使用者は労働者に休憩時間を自由に利用させるよう、定められているはずだ。それをまさか、自慰に利用させるなんて。

日常的な光景の中で繰り広げられる、女ばかりの集団オナニー。目眩を起こしそうにいやらしい。

（てことは、おれもここに入社したら、彼女たちと一緒にすることになるのか？）

その場面を思い描くだけで、頭がクラクラする。艶声ばかりか、オフィス内には淫靡な匂いも充満しているのだ。おそらく二分と持たず発射するに違いない。

そのとき、亜里沙が問いかける。

「わたしもするんだけど、あなたもいっしょにしない？」

益男は驚いて振り返った。

「え、な、何をするんですか？」

「何って、オナニーよ」

告げるなり、彼女はさっさと応接セットに戻った。今度はひとり掛けのソファーに腰をおろし、パンストをつるりと剝きおろす。それも、中のTバックごとまとめて。

社員にオナニータイムを与えるだけでなく、社長自らも実践するのか。啞然として立ちすくむ益男に、亜里沙が声をかけた。

「ドアを閉めて、こっちへいらっしゃい」

「あ、はい」

艶色一色に染まったオフィスをもう一度チラ見してから、益男は未練たっぷりにドアを閉めた。十数名の若い女子社員たちが、次々と昇りつめるところを見物したかったのだ。

「じゃ、そこに座って」

促されるまま、向かいの三人掛けに腰をおろす。まる出しの股間には、シンボルがいきり立ったままだ。

同じく下半身をあらわにした女社長が、テーブルの上に並べた商品の中から、スティック状のバイブを手に取る。中指ぐらいの大きさのそれは、挿入ではなく振動で快感を得るためのものなのだろう。

カチッ——。

一方の端についたボタンを押すと、モーターが唸り出す。亜里沙は片足をテーブルに載せ、お行儀の悪い開脚ポーズをとった。

(わ——)

秘められたところがあらわになり、益男は目を見開いた。

なんと、彼女はパイパンであった。もちろん天然の無毛ではなく、剃っているのだろう。

おそらく、オナニーをしやすくするために、そうしているに違いない。邪魔なものがないほうが、刺激を与えやすいだろうから。

それに、愛液でおびただしく濡れてもローションを垂らしても、陰毛がなければ後始末しやすいはずだ。

(完全にオナニー中心の生活なんだな)

こんな綺麗なひとなのに、恋人はいないのだろうかと疑問に思う。ひょっとして多くの男と付き合って失望させられたから、自ら慰める手段を選んだのか。

大ぶりの花弁は肉色が濃く、ハート型に開いていた。狭間に見える鮮紅色の粘膜はヌメヌメと濡れ光り、昂奮状態にあることを如実に示す。

（やっぱり濡れてたんだ……）

その部分から甘酸っぱい乳酪臭が漂ってくるよう。ペニスがビクンと反応した。

「そんなに見ないでよ。恥ずかしいじゃない」

なじられて、ようやく我に返る。見ると、亜里沙が頰を赤らめ、こちらを睨んでいた。淫蕩に濡れた眼差しで。

「あ、す、すみません」

「あなたもいっしょにしなさい」

彼女はそう言って、スティックバイブを秘部にあてがった。ほころんだ恥割れの上部、敏感な真珠が隠れているところに。

「あ、あ、うぅーン」

呻き声が洩れ、熟れたボディがくねる。むっちりした太腿がビクビクと痙攣した。

目の前で三十路女性がオナニーをしている。スティックタイプのバイブを無毛の秘部に当て、細かな振動で快感を得ながら。

「ううう、あ――はあぁ」

黒のスーツ姿で、下半身のみ肌をあらわにした亜里沙。いっそ全裸よりもエロチックだ。

しかも、歓喜に喘ぐ彼女は、小さな会社とは言え社長であり、ここは社長室なのだ。勤務時間中のオナニータイムなんていう規則も含めて、信じ難いシチュエーションの目白押しである。

それゆえに、劣情が大いに煽られたのも事実。一度多量に射精したあと、ようやく復活を遂げたペニスが、鈴割れから透明な汁をトロリとこぼした。

「ほ、ほら、あなたもオナニーしなさい。いつもやってるみたいにオチ◯チンをシコシコするのよ」

情欲に満ちた眼差しで命じられ、益男は反射的に分身を握った。

「うう……」

切ない快美が背すじを駆けのぼる。たまらずソファーの背もたれにからだをあずけ、あとは文字通りに手慣れた上下運動で強ばりを摩擦する。

「いやぁ、お、オナニーしちゃってるぅ」

自分が命じておきながら、亜里沙が非難がましく言う。それでいて、バイブの先端を陰核包皮の上に強く押し当てている様子。要はオカズにされているのだ。

しかしながら、彼女の痴態に昂奮させられているのは、こちらも同じである。しごくたびに愉悦が屹立の根元に溜まり、蓄積されてゆく。カウパー腺液も湧出量を増し、亀頭全体がヌメリにまみれた。

(うう、ヤバいかも)

陰嚢も下腹にめり込みそうなほど持ちあがっている。このままでは、遠からずほとばしらせてしまうだろう。

そうなったら、三たびエレクトさせるのは困難だ。勃たなかった場合、そんなだらしない人材は我が社にいらないと、採用を断わられる可能性があった。

益男は手の動きを緩やかにさせ、上昇を抑えた。熟女の色っぽい下半身が痙攣するのを、息を呑んで見つめながら。

間もなく、

「あ、あ、イク……イッちゃう」

噛み締めるようにアクメ声を洩らした亜里沙が、ソファーの上で全身をガクガクとわななかせる。のけ反って「う、うーん」と呻いたあと、空気が抜けたみたいに脱力した。

(イッたんだ……)

美熟女のオルガスムスを目の当たりにして、無意識に手の握りを強めてしまったらしい。益男は危うく爆発しそうになった。根元を指の輪でギュッと締め、奥歯をギリリと噛んでどうにかやり過ごす。

「はあ、ハァ……」

胸を大きく上下させる亜里沙が、秘苑を刺激していたスティックバイブをはずした。

(うう、いやらしすぎる……)

あらわに晒された蜜苑に、益男は目眩を起こしそうになった。

オナニーをする前から濡れていたパイパン性器は、絶頂直後の今はおびただしい淫汁にまみれ、卑猥な眺めを著しくする。大きめの花弁も腫れぼったくふくらみ、肉色のハートをかたち作っていた。

そこから漂ってくるなまめかしい匂いを、益男はたしかに嗅いだ。酸味をまろやかにしたヨーグルトに、磯の香りを混ぜ込んだふうなもの。

そして、見ているあいだにも牝の合わせ目がすぼまり、白く濁った愛液を会陰に滴らせる。益男は思わずナマ唾を飲んだ。

すると、

「何を見ているの？」

掠れ声の問いかけにドキッとする。顔を上げると、亜里沙が妖艶に目を細めていた。

「あ、いえ……」

「ひょっとして、オマ○コを舐めたいの？」

女社長が口にした卑猥な単語に、脳が沸騰しそうになる。気がつけば、益男は大きくうなずいていた。

「は、はい」

「じゃあ、そっちに行ってあげるわ」

美熟女は重たげに腰をあげると、テーブルを回って三人掛けソファーにやって来た。益男の隣に腰をおろすなり、肘掛けに頭を載せて横になる。片脚を背もたれに掛け、大胆な大股開きポーズをとった。

「さ、いいわよ」

頬が赤く染まっていたものの、眼差しに期待が浮かんでいる。舐めたいのかと訊いたけれど、自分が舐められたいに違いない。

（ああ、いやらしい）

すぐ近くに、湯気が立ちそうに濡れそぼった女芯がある。仮に舐めるなと言われたって、舐めたくなるのが男の性だ。

益男は胸を高鳴らせながら、かぐわしい源泉に顔を埋めようとした。そのとき、

「射精しなかったのね」

感心したような声。視線を上げると、亜里沙が目を細めていた。

「あなた、見込みがあるわよ」

うなずいて、口許をほころばせる女社長。オナニーの見せっこで爆発しなかったのを、褒めてくれたのだ。

益男は嬉しくなった。ここはクンニリングスでも存分に悦ばせて、採用を確定的にしなければならない。

決意を胸に抱き、濡れ苑にくちづける。濃密さを増した秘臭に頭がクラクラするのを覚えつつ、花弁の狭間に舌を差し込んだ。

絡みついた粘っこい蜜汁は、ほんのり甘じょっぱかった。それをじゅるッと音を立ててすすると、

「あああっ」

亜里沙が艶腰をガクンとはずませる。イッた直後だから、かなり敏感のようだ。

（ああ、美味しい）

益男は舌を律動させ、恥割れ内を攪拌した。温かく粘っこい熟れ蜜で喉を潤し、芳醇なヨーグルト臭に酔いしれる。

（もっと感じさせたい――）

クンニリングスを続けながら、益男は指先を恥裂の上部に添えた。陰核包皮をめくり上げ、艶めくピンク色の真珠をあらわにする。

プン――。

チーズに似た香気が鼻奥を悩ましくさせる。内側にこもっていた匂いが解放されたのだ。

見ると、秘核の裾野部分に、わずかだが白い付着物があった。それが香ばしい臭気の源泉なのは、一目瞭然だ。

若い娘や処女ならいざ知らず、いい大人のしかも女社長が、性器をしっかり洗えていないなんて。気位の高そうな美女のことだけに、とんでもない秘密を暴いた気にさせられる。

もっとも、昨晩シャワーを浴びたあと、新たに溜まったのかもしれない。新陳代謝が活発なら、それもあり得るだろう。あるいは、昨日の夜もオナニーをして、愛液のカスが入り込んだとか。

　ともあれ、傲慢な年上女性のプライバシーを知ったことで、胸が震えるほど昂奮する。強まった匂いにも恥垢にも嫌悪を覚えることなく、むしろこの上なく貴重なものに感じられた。

　だからこそ、ためらうことなくクリトリスに吸いついたのである。

「くぅううーン」

　亜里沙がのけ反り、肉厚の太腿をビクビクと痙攣させる。

　益男は嬉々として敏感な突起を舌先で転がし、こびりついていたカスも匂いも丹念にこそげ落とした。さらにチロチロと舐めくすぐれば、女体の反応がいっそうあられもなくなる。

「あああ、そ、それいいッ」

　よがり声をあげ、腰をくねくねと左右に揺らす。日頃のオナニーの成果か、感度が充分すぎるほど発達しているようだ。

　いっそう硬くふくらんだ感のある肉芽を、益男はついばむように吸った。それにより、爆発的なわななきが熟れボディに生じる。

「いやぁ、ま、またイッちゃうぅううっ！」

二度目の頂上を迎えた亜里沙が、甲高い嬌声を張りあげた。背中を浮かせて弓なりになり、下肢を強ばらせる。間もなく、

「くはッ」

喘ぎの固まりを吐き出し、美熟女が脱力する。あとは胸を上下させ、深い呼吸を繰り返すだけになった。

(イッたんだ……)

女性をクンニリングスで絶頂させたのは、人妻の真由美に続いてふたり目だ。やり遂げたという充足感にひたって顔を上げると、亜里沙が蕩けた眼差しをこちらに向けていた。

「イッちゃった……とてもよかったわ」

褒められて、照れくさくなる。ただ、彼女は恥垢を舐め取られたことをわかっているのかと、ちょっぴり気になった。

「ねえ、もうちょっと舐めてくれる? そっとでいいから」

貪欲なおねだりに「わかりました」とうなずき、再び秘苑に口をつける。おそらく、アクメの余韻にひたりたいのだろう。

慈しむように濡れた粘膜をねぶってあげると、艶腰が気持ちよさげにわなな_い_

た。

「ああ、いい感じだわ」

亜里沙がうっとりした声を洩らす。下腹がなまめかしく波打ったとき、社長室のドアがノックされた。

「社長、アルバイト志望の女子学生が見えてますけど」

ドアを開けてそう告げたのは、声からして最初に案内してくれた女子社員らしかった。

益男は心臓が停まるかと思った。何しろ自分は下半身まる出しで、同じく下を脱いだ女社長の股間に顔を埋めていたのだから。

しかし、女子社員も、それから亜里沙も、驚いたり慌てたりする様子がない。

「ああ、もう来たの。じゃあ、ここに通してちょうだい」

「わかりました」

平然と言葉が交わされ、いったんドアが閉められる。あまりのことに、益男は唖然とするばかりだった。

（これを見ても、何とも思わないのか!?）

もっとも、オナニータイム なんて時間を設けている会社である。同僚が歓喜によがるところを、毎日のように見ているのだ。社長が下半身裸で男と戯れるぐらい、大したことではないのだろう。

（ていうか、アルバイトも募集してたんだな）

益男が見たのは正社員募集の要項だが、それ以外に女子のバイトもあったらしい。オナニー用品の開発に、新しいものの見方や感性が必要だと考えたのか。

ともあれ、そんな子が来るのであれば、身繕いをする必要がある。益男は亜里沙の秘部から離れようとした。

ところが、

「ああ、そのまま舐めてなさい」

彼女に命じられ、（え？）となる。

「どういう会社なのかしっかり理解してもらうためにも、多少は刺激的なものを見せたほうがいいのよ」

だが、自慰商品を作る会社に来て、いきなり男女の淫らな行為を見せられるのは、かなり酷ではないのか。初心者向けの水泳教室に行ったら、いきなり大荒れの海に突き落とされるようなものだ。

いいのかなと思ったものの、採用してもらう立場では従うより他ない。覚悟を

決め、無毛の恥唇を丁寧に舐めていると、

「失礼します」

声に続いて、ドアの開く音がした。それから、息を呑む気配も。

ドアのところからだと、益男は亜里沙の陰になって、下半身ぐらいしか見えないはず。ただ、そちらはすべて脱いでいるし、体勢からして淫らな行為の真っ最中であると、ひと目でわかるはずだ。

「ああ、こんな恰好でごめんね。ちょっとオマ○コを舐めてもらってるの」

女社長がためらいもなく卑猥な言葉を口にする。これには、益男のほうが居たたまれなくなった。

「あ、あの、わたしは――」

「アルバイト志望の子よね。こっちに来て、そこのソファーに座ってちょうだい」

足音が近づいてくる。亜里沙は彼女を向かいのひとり掛けソファーに招いたようだ。三人掛けのソファーでクンニリングスをされる場面を、真横から眺める位置に。

そうなれば、うずくまる益男の股間で、ペニスがいきり立っているところも見られてしまう。

（うう、こんなのって……）

向かいのソファーに座った女子学生の視線が、牡のシンボルに注がれるのを感じる。決して思い過ごしではない。なぜなら、

「やん、勃ってる……」

という、彼女のつぶやきが聞こえたからだ。

恥ずかしくて、頬が燃えるように熱い。なのに、ペニスは力を漲らせ、反り返って下腹をぺちぺちと叩いた。まるで、牡の力強さを誇示するみたいに。

こんな状況で、益男にできることはただひとつ。ひたすら女社長の秘部を舐め続けることのみだ。

「バイト募集の要項を見たのならわかると思うけど、ウチは女性がオナニーを愉しむための商品を開発してるの。あなたには商品のモニターと、こんなものがあったらいいっていう意見を出してほしいのよ」

クンニリングスをさせながら、亜里沙がもっともらしいことを口にする。あられもない光景を目の前にして、話を聞かされるアルバイト志望の女の子がどんな感情を抱いているのかなんて、益男には知る由もなかった。

「あの……ひょっとして脚のあいだにいるのも、こちらの商品なんですか？」

女子学生が思いもよらない質問を口にする。社長の股間にうずくまる益男を、クンニマシンだと思ったのか。

「違うわよ。この子は新規採用の募集で来た子なの。どのぐらい役に立つか、ちょっとテストしてるのよ」

「ああ、そうですよね」

作り物にしてはリアルすぎると、すぐに理解したようだ。というより、そこまで精巧なものを開発できる会社が、こんな雑居ビルに居を構えるはずがない。

そのとき、女子学生の声に聞き覚えがあることに、益男は気がついた。

（あれ？　いや、まさか……）

そんなはずはないと思ったとき、

「柿谷君、顔を上げなさい」

亜里沙が命じる。すると、

「え、柿谷？」

女子学生が疑念を含んだ声で確認する。それで間違いないと益男は悟った。

顔を上げて確認すれば、向かいのソファーにいたのは、果たして彼女であった。

「き、岸部さん――」

「柿谷さん!?」

互いに見つめ合い、驚きをあらわにする。彼女はバイト先の同僚で、益男に処女を捧げた岸部愛乃だった。

「あら、知り合いなの？」

亜里沙が驚いたふうに目を見開く。それから《しまった》という顔を見せたのは、知った相手に破廉恥な場面を見せてしまい、益男に申し訳ないと感じたからではないだろうか。

「知り合いっていうか、わたしのバージンを奪ってくれたひとなんです」

愛乃が関係をストレートに述べる。これには益男も驚いたが、どこか荒《すさ》んだ口調だったものだから（おや？）と思う。

「え、バージンを!?」

亜里沙はいっそう驚愕したふうだ。

「はい。わたし、大学に好きな先輩がいて、だけど告白する勇気がなかったんです。それで、女になればできるかなって考えて――」

愛乃がクスンと鼻をすする。亜里沙は納得顔でうなずいた。

「そうだったの……それで、告白はうまくいったの?」

質問に、愛乃は首を横に振った。

「いいえ。先輩には、他に好きなひとがいたんです。それで、わたしはタイプじゃないからって、きっぱり断わられました」

話を聞いて、益男のはらわたは煮えくりかえった。

(こんな可愛い子が勇気を出して告白したのに、タイプじゃないって? 何を考えてるんだよ、そいつは!?)

バージンを捧げられたとき、愛乃は自分のことを好きなのだと勘違いしたせいもあって、よけいに腹が立つ。

(待てよ。ここにバイトの面接に来たってことは、居酒屋のバイトは辞めるつもりなのか?)

最近、彼女はシフトが減っていたのだ。彼氏ができてデートで忙しいのかと、益男は密かにやっかんでいた。

しかし、そうでないのなら、この会社に乗り換えるということになる。

「それはお気の毒ね。ところで、ウチの会社で働きたいって思ったのはどうして?」

「わたし、もう男性は懲《こ》りました。フラれて傷つくぐらいなら、最初から相手にしなければいいってわかったんです。だから、これからはオナニーに生きるつもりです」

口調は前向きでも、言っている中身は完全に後ろ向きだ。

（男は懲りたって――先輩にフラれたのなら、おれと付き合ってくれればいいのに）

益男が不満を抱くのも当然だろう。しかし、亜里沙は愛乃の考えを支持した。

「うん、わかるわ。わたしはそういうひとを待ってたのよ。男よりもオナニーのほうが断然いいっていうのは、たしかにそのとおりだからね」

彼女はついさっき、益男のクンニリングスで昇りつめたばかりなのである。ほとんど説得力がない。

（ていうか、やっぱり亜里沙さんは、男に失望してるんだな）

ひょっとして、セックスで感じさせてもらえなかったのだろうか。

男にだっていいところはあると、益男は訴えたかった。できれば、おれと付き合って試してほしいとも。

そのとき、亜里沙が意味ありげな眼差しを向けてきたものだからドキッとする。

まるで、《あなたの考えはお見通しよ》と蔑むみたいに。

それから、彼女はアルバイト志望の女子大生に向き直った。

「だけど、どうしてこの子を初体験の相手に選んだの？」

女社長の質問に、愛乃は戸惑った表情を見せた。

「あ、えと……優しくしてもらったからです。それから、そのときは何となく頼りがいがあるみたいに見えたから」

では、今は違うというのか。思い過ごしだったと断言されたみたいに感じて、益男は激しく落ち込んだ。

「なるほど。てことは、結果から言えば、無駄に処女を捧げちゃったわけね」

「無駄にっていうか……まあ、そうかも……」

「だったら、男を吹っ切るためにも、ここはきっちりオトシマエをつけるべきだと思うけどな」

物騒な発言に、益男は嫌な予感がした。亜里沙の目つきが怪しかったものだから、不安も覚える。

「え、落とし前？」

「あなたはまだ、男を完全には吹っ切っていないわ。ただ逃げているだけなの。

そうじゃなくて、男なんて女のオモチャでしかないってことを知っておくべきなのよ。所詮はオナニーの道具なんだって」

酷い言いぐさにムッとしたものの、愛乃がなるほどという顔をしたものだから焦る。ひょっとして、言いくるめられてしまったのか。

(愛乃ちゃん、そんな……)

この場には、女ふたりに男がひとり。二対一と劣勢にあるのは、火を見るよりも明らかだ。

「そういうわけだから、柿谷君、全部脱いでちょうだい。素っ裸になるのよ」

亜里沙が冷淡に命じた。

4

(うう、なんだっておれが……)

益男は情けなくてたまらなかった。とうとう一糸まとわぬ姿にされてしまったのだ。それも社長室という、およそ全裸がふさわしくない部屋で。

そればかりではない。そこには美人社長の他、益男が処女を奪った愛らしい女の子もいるのだ。

ふたりの視線を浴びて、益男はソファーの上で縮こまっていた。おまけに、ペニスも萎縮している。

さっきはあんなに硬く勃起していたのに、そこは、完全に勢いを失っていた。それだけ居たたまれなかったのだ。

「ここに寝なさい」

社長の亜里沙が冷徹に命じる。益男は仕方なく従った。

拒めなかったわけではない。しかし、言うとおりにしないと、女子社員たちのいるオフィスに放り出されるかもしれなかった。亜里沙からは、そういうことをやらかしそうな雰囲気がひしひしと感じられたのだ。

そもそも、彼女の機嫌を損ねたら、ここには就職できない。最高のオナホを開発しているばかりか、社員は若い女子ばかりという最高の職場なのである。ここは恥を忍ぶしかなかった。

三人掛けのソファーにそろそろと横たわるなり、叱声が飛ぶ。

「ほら、オチ〇チンを隠さないで」

益男は股間を両手で覆っていたのだ。案の定、見逃してはくれなかった。

亜里沙にも、それから愛乃にも、すでにその部分を見られている。なのに、あらわにすることをためらうのは、ふたりに弄ばれるとわかっているからだ。

いや、弄ばれるぐらいならまだいい。どんな辱《はずかし》めを受けるのか、正直まったく予想がつかなかった。

しかしながら、今や完全に俎上《そじょう》の魚《うお》状態。おまけに多勢に無勢である。臆してしまうのも当然のこと。

（ええい、どうにでもなれ）

ほとんどヤケ気味に手をはずすと、またも女社長に咎められる。

「ちょっと、どうして勃起してないのよ!?　わたしがオマ〇コまで見せてるっていうのに」

たしかに彼女は下半身すっぽんぽんのままで、無毛の股間に恥割れが刻まれているところもまる見えだ。上半身は黒のスーツ姿だから、よけいにエロチックである。

だからと言って、すぐにエレクトできるはずがない。

「いえ……おふたりに見られていると思うと、緊張しちゃって」

正直に述べたのに、亜里沙は納得してくれなかった。

「さっきはあんなにギンギンだったじゃない。今さらなに言ってるよ」

不満をあらわにしてから、愛乃を振り返る。

「そうだわ。あなたも下を脱ぎなさい」

「え、わ、わたしも⁉」

「そうよ。ふたりでオマ〇コを見せてあげれば、さすがに勃起するでしょ」

愛乃は泣きそうになり、首を横に振った。しかし、傲慢な女社長が許すはずがない。

「あなた、ウチの会社で働きたいんでしょ？　これからはオナニーに生きるって言ったじゃない。だったら脱ぎなさい」

必然性などまるっきり無視した命令に、単なるアルバイト志望でしかない彼女は、困惑をあらわにした。

「だけど……恥ずかしいです」

「どうして？　バージンをあげたんだから、こいつにはオマ〇コをばっちり見られてるんでしょ。今さら恥ずかしがってどうするのよ」

「で、でも」

「ほら、早くしなさいっ！」

「わ——わかりました……」

泣く子と地頭には——いや、女社長には勝てないということか。愛乃は渋々というふうにうなずいた。

彼女は白いブラウスに花柄のスカートという、清楚な装いだ。下半身をあらわにしろという命令に、まず手をかけたのはスカートの中、パンティであった。

「うう……」

恥辱の呻きをこぼしつつ、白い薄物を両脚にすべらせる。爪先から抜き取ったものをスカートのポケットに入れ、それから亜里沙を怖ず怖ずと見つめた。

「あの……これでいいですか？」

下着を脱げば許してもらえると思ったのか。しかし、それは甘い考えだった。

「駄目よ。ちゃんとスカートも脱ぐの」

「ええっ!?　あ、あの、めくるだけで——」

「四の五の言わないで脱ぎなさいっ！」

冷徹な命令。自分と同じく、下半身すっぽんぽんにさせるようだ。このあいだまでバージンで、まだ一度しか男性経験のない愛乃には、かなり酷であったろう。

というより、これはもう完全なるセクハラでパワハラだ。

だが、か弱いようでいて、愛乃は負けず嫌いなのかもしれない。だからこそ、好きな男にフラれたぐらいで、これからはオナニーに生きるなんて無茶な宣言をしたのではないか。

ともあれ、彼女は表情をキッと引き締めると、スカートのホックに手をかけた。それをはずしてファスナーも下ろせば、花模様が床にふさっと落ちる。

(わ——)

益男は心の中で声をあげ、愛乃の下半身をまじまじと見つめた。

二十歳を過ぎて女らしく成長していても、どことなく蒼さを感じさせる太腿。そして、ブラウスの裾からちょっぴり覗く淡い秘毛にも目を惹かれる。

彼女とは全裸で抱きあい、処女も与えられている。だが、あのときよりも今のほうが、断然いやらしい。下半身のみをあらわにした姿が痛々しくもエロチックで、牡の劣情を誘うのだ。

おかげで、ペニスがムクムクとふくらみだす。完全に萎えていたものが、下腹に張りつかんばかりにピンとそそり立った。

こうなることを、亜里沙は望んでいたはずである。ところが、不機嫌をあからさまにした。

「ちょっと、どういうことよ？　わたしのオマ○コを見ても勃たなかったクセに、こんな小娘が脱いだだけで勃起するなんて」

要は女の魅力勝負に負けた気がして、面白くないのだ。

一方、小娘呼ばわりされて、さすがに愛乃はムッとしたようだ。年上の女を鋭い目つきで睨みつける。

女同士の確執が生じつつあるのを目の当たりにして、益男は背すじが寒くなった。ふたりの諍《いさか》いに巻き込まれる気がしたのだ。

そして、それが現実のものになる。

「あなた、こいつにオマ○コを舐めさせたの？」

睨まれて気分を害したらしい。亜里沙が挑発的な口ぶりで、愛乃に問いかける。

「ええ、舐めさせましたけど」

愛乃も負けずに堂々と言い返す。ふたりの女性のあいだにバチバチと火花が散り、それが益男にもはっきりと見えた。

「だったら、こいつの顔に座って、また舐めさせたら？」

《あなたにできるかしら？》と挑発的な眼差しで、亜里沙がけしかける。

「もちろん。そのつもりです」

愛乃が対抗意識まる出しで前に出る。ソファーに寝そべる益男の脇で回れ右をし、くりんとした生ヒップを彼に向けた。

（本気なのか？）

訝りつつも、キュートな若尻に胸をときめかせた益男である。だが、ほんの刹那、ためらうように丸みをぷるぷるさせてから、彼女が本当に座り込んできた。

「むぷッ」

柔らかくて弾力のあるお肉が、顔面でひしゃげる。口許を湿った陰部で塞がれ、益男は反射的にもがいた。しかし、

（ああ、素敵だ……）

バージンを捧げられたときにも嗅いだ、濃厚な恥臭にうっとりする。

いや、あのときよりも熟成された感のある、酸味の強いフレーバーだ。洗っていないのもそうだが、もともと秘部が匂うほうなのかもしれない。鼻奥にまで入り込んだそれに、頭をガンと殴られたような衝撃を受ける。

「ああん、座っちゃった……」

自分からそうしたのに、愛乃が後悔を滲ませて嘆く。無理したんだなと理解すると同時に、いじらしくてたまらなくなった。

(それじゃ、感じさせてあげるよ)

胸の内で告げて、舌を差し出す。初体験のあとも可憐さを失っていない清楚な恥割れを、益男はペロリと舐めた。舌にほのかなしょっぱみが広がると同時に、「くぅうーン」と愛らしい声が聞こえる。

「あ、あ、いいの? そこ、洗ってないのに」

愛乃は申し訳なさそうに言いながらも、舌を差し込まれた女陰をなまめかしくすぼめる。奥から新たな蜜がじゅわりと溢れた。

「ふん、なかなかやるじゃない」

亜里沙が偉そうに言う。だが、その声には妬《ねた》ましさが滲んでいるようだ。

女社長にはかまわず、益男はクンニリングスを続けた。初めてを奪った女の子に悦びを与えるべく、敏感な肉芽を狙って舌をピチャピチャと律動させる。

「ああっ、くううう——そ、そこぉ」

気持ちよさそうに艶声を震わせる愛乃は、ためらいを完全に拭い去ったようだ。益男の顔の上で、おしりをいやらしくくねらせる。

(感じてるんだ、愛乃ちゃん)

益男も嬉しくなる。そそり立った分身を、ビクンビクンと小躍りさせた。

そのとき、

「ああ、うれしい……わたしのそこを舐めてくれるなんて」

感激を含んだ言葉に、益男は（え？）となった。初体験のときも舐めてあげたのに、何を今さらなのかと奇妙に感じたのだ。

すると、訊ねなくとも彼女が話してくれた。

「わたし……告白してフラれたんじゃないんです。好きだった先輩とエッチしようとして、フラれちゃったんです」

（え、どういうこと？）

益男は驚いてクンニリングスを中断した。すると、愛乃が涙声で打ち明ける。

「付き合ってくださいって告白したら、先輩はいいよって……それで、すぐにからだを求められたんです。いきなりだったから、わたしはどうしようって迷ったんですけど、もうバージンじゃないんだし、受け入れることにしました。なのに、先輩はわたしのアソコを舐めようとして、すぐにやめたんです。こんなにくさい女とは付き合えないって――」

あまりに悲しすぎる話である。勇気を振り絞って告白した彼女がどれほどつらかったか、想像するだけで胸が痛む。

それにしても、なんて酷い奴なのか。益男は怒りで全身が震えるのを覚えた。

(だったらお前のチ〇ポはくさくないのかよ。馬鹿野郎が！)

たしかに愛乃の秘部は、匂いが強いかもしれない。けれどこれは、彼女が生きている証しなのだ。決して忌み嫌うべきものではない。

だいたい、この程度の秘臭で怯む男に、女性を愛する資格があると言えるのか。男なら、好きなひとのすべてを受け入れるべきなのに。

愛乃がオナニーに生きるなんて宣言したのも無理はない。そこまで傷ついたのだ。

「む……岸部さんのここは、少しもくさくないよ。僕は大好きだからね」

その言葉が嘘でないことを示すために、益男はクンクンと鼻を鳴らした。さらに、舌をいっそう派手に躍らせて、ヒクつく女芯をねぶりまくる。

「いやぁ……あ、あ、でも——くううう、き、気持ちいいッ」

彼女は歓喜の声を上げ、益男の上で若尻をぷりぷりとはずませた。

秘苑のかぐわしさと淫らな反応、それから尻肉の美感触が、牡をいっそう昂ぶらせる。ペニスは限界以上に漲り、透明な先走りをトロトロとこぼし続けた。そのまま何もせずとも果てそうなほどに。

益男はさらに、アヌスにも舌を這わせた。

「やん、そこはおしりの――」

抵抗を示した愛乃であったが、排泄口も快感ポイントだったよう。悩ましげに喘ぎ、可憐なツボミをキュッキュッとすぼめた。

秘肛まで舐めたのは、くさいとか汚れているといったマイナス感情を取り払ってあげるためであった。まあ、最も大きな理由は、単に益男が舐めたかっただけなのであるが。

ともあれ、恥ずかしいところを存分に嗅がれ、舐められることで、愛乃の傷ついた心も癒えたようである。

「はうう、も、もっとぉ」

彼女が素直に悦びを享受しはじめる。そのため、女社長の亜里沙は、取り残された気分になったらしい。

「なによ。ふたりだけで愉しんじゃって」

顔面騎乗をしろと愛乃をけしかけておきながら、不満をあらわにする。そして、自分も仲間に入ろうと思ったのか、益男の腰を跨いできた。

「こんなに大きくしちゃって」

そそり立つ肉根を手にして、自らの底部にこすりつける。クンニリングスをされる愛乃に負けないぐらい、そこはぬるい愛液をたっぷりと溢れさせていた。

「あん、たまんない……」

悩ましげにつぶやき、どうやら強ばりを膣に収めようとしたらしい。ふくらみきった亀頭が、濡れた恥唇にめり込んだ。

亜里沙がペニスを体内に迎え入れようとしたのを、見咎めたのは愛乃であった。

「え、オナニー用の器具を作ってる会社の社長さんなのに、エッチするんですか？」

この問いかけに、亜里沙はかなり狼狽したようであった。経営者としての沽券に関わると思ったのだろう。

「そ、そんなことするわけないじゃない」

上向きにしていた勃起を、慌てて下腹にへばりつかせる。その上にヒップをおろすと、筋張った肉胴に恥唇を密着させた。

「ほら、こうやっておま○こを、オチ○チンにこすりつけるだけよ。男なんて、所詮はオナニーの道具でしかないんだから」

弁明して、腰を前後に振る。淫唇に強ばりがめり込み、グチュッと粘っこい音を立てた。

「ううう」

顔に乗った愛乃の秘部をねぶりながら、益男は腰を震わせた。ヌルヌルした女陰で肉棒をこすられ、切ない快さが広がったのだ。

しかし、それ以上に亜里沙のほうが感じたようである。

「あ、あん、気持ちいいッ」

甲高いよがり声をあげ、腰を振るスピードを上げる。左右のひねりも加えて、貪欲に悦びを求めだした。

「あん、ゴツゴツがクリちゃんに当たるぅ」

女社長の乱れっぷりに煽られたか、

「あうう、も、もっとペロペロしてぇ」

愛乃も若尻を振り立て、はしたないおねだりをする。舌を差し込まれた女唇を、せわしなくすぼめた。

ソファーに寝そべった益男は、愛らしい女子大生を顔に乗せ、腰を熟女社長に跨がれていた。クンニリングスをしながらペニスを使われ、全身でふたりに奉仕する。

その姿は、まさに一個のオナニーマシンと言えただろう。

「ああん、硬いオチ〇チンが、オマ〇コをこすってるぅ」

「ね、ね、おしりの穴、もっといっぱい舐めてぇ」

いよいよ高まり、嬌声を上げたふたりは、ほぼ同時に昇りつめた。

「あ、あ、イクイク、イクぅううーッ！」

亜里沙が甲高い嬌声を張り上げる。

「はうう、お、オマ〇コが熱いのぉぉ」

愛乃もはしたない言葉を口にした。

アクメ声の二重唱を耳に入れながら、益男もオルガスムスに至る。濡れた女芯にこすられる分身を脈打たせ、おびただしい白濁液を自らの腹部にドクドクと放った。

第五章　あなたのオナホになりたい

1

益男の「ハニートラップ」への入社が決まった。亜里沙が見込みがあると認めてくれたのだ。

「あなたのオチ○チン、オマ○コをこすりつけたらすっごく気持ちよかったのよ。型を取って、商品にさせてもらうわ。そうね。オチ○チンのレリーフ付きクッションなんてどうかしら。座って腰を振るだけでオナニーができるの。商品名はズバリ、『スマタくん』がいいわね」

面接という口実の淫行のあと、彼女は本気とも冗談ともつかないことを言った。

さすがにそれはないだろうと話半分に聞いていたら、後日、本当にその試作品が完成したものだから、益男は大いに驚いた。

(あれ、本気だったのかよ)

たしかに勃起したペニスの型をとられたのである。しかし、あれは口から出まかせを言ったと受け止められるのがシャクだから、ポーズとして実行したものだとばかり思っていた。

その「スマタくん」の使い心地がいかがなものなのか、男の益男には確かめようがなかった。だが、女子社員たちにはなかなか好評だったらしい。

それは、見た目は普通のクッションなのだが、催したときにはスイッチひとつで一部が隆起する仕掛けだった。気に入った女子社員は商品化されたものを、そのままオフィスで使っていた。で、オナニータイムには、素股で快感を得るのである。

この会社は、企画から商品化までが実にスピーディだ。社長の亜里沙の方針で、いいと思ったものはとにかく作ってみるということらしい。

そうして実際に使用して、どんな按配か確認するとのこと。でないと、商品としての価値が見極められないからだ。もちろん、改良すべきところは改良して売り出すのである。

考えたものがすぐかたちになるから、働きがいがある。いいところに就職できてよかったなと、益男は心から思った。

もちろん、いいところはそこだけではない。

益男もオフィスにデスクを与えられた。見渡せば、フロアにいるのはすべて若い女性。しかも、可愛い子ばかりだ。

普段はそれぞれが担当する職務に励み、就業時間中はあまり交流することがない。益男は男性用商品の試用や改良に関する仕事が主だから、女性用の企画開発に携わる女子社員たちとは、あまり接点がないのだ。

ただ、カップル用の商品に関しては、益男も彼女たちと一緒に企画を練る。さらに使用感を確認するときには、ペアで試すこともあった。

その場合、オナホなどを用いてではあったけれど、女の子から気持ちよくしてもらえたのである。ときには射精にまで導かれることもあった。

まあ、そういう役得は頻繁ではなかったけれど、毎日のお楽しみもある。例のオナニータイムだ。しかも、入社してわかったのであるが、なんと午前と午後で一日に二回もあるのだ。

そのときには、益男もデスクでペニスをしごく。会社の商品であるオナホを用いることもあった。

さすがに会社で二回も射精したら、疲労が半端ではない。イクだけの女性とは違うのだ。よって、ほとばしらせるのは二回のうち一度か、疲れ気味のときにはどちらも最後までいかずに終わる。

しかしながら、途中でやめるのは並大抵のことではなかった。

何しろ、オフィスのあちこちから艶っぽい声が聞こえるばかりか、なまめかしい匂いも立ちこめるのだ。その中にいるだけで勃起してしまうし、射精せずに堪えるのに、かなりの忍耐を要した。

とは言え、それも嬉しい悲鳴というやつなのだが。

ただ、益男が必ず射精する場合がある。それは、アルバイトに採用された愛乃が、オナニータイムに参加するときだ。

愛乃を採用したのは、亜里沙にとってはプライドをかけた決断だったようである。もしも断ったら、益男との関係を嫉妬したからだと決めつけられる可能性があったからだ。

それに、愛乃には、益男とセックスしそうになった場面も目撃されている。オナニー用品を企画販売する会社の社長が、男にうつつを抜かしていいのかと批判されないためにも、度量のあるところを示す必要があったのだろう。

ともあれ、女子大生の愛乃は講義もあるから、出勤するのは多くて週に三回。仕事の時間も限られている。それがオナニータイムに重なるのは、週に一回あればいいほうだ。

アルバイトだから、そこまで周りに合わせる必要はないと思うのだが、そのときには愛乃も一緒になってオナニーに勤しむ。しかも、彼女の席は益男の隣なのだ。

好きな女の子がすぐ近くで自らを愛撫し、恥じらいながらも悦びに喘ぐのである。そんな状況で射精せずにいられるはずがない。益男は猛然と分身をしごき立て、彼女が昇りつめるのに合わせて多量の白濁液をほとばしらせる。

そうやって互いの恥ずかしいところを見せ合う仲にもかかわらず、ふたりの関係は少々微妙であった。

就職とアルバイトの面接で思いがけず顔を合わせたとき、心がしっかり通い合った気がした。先輩にフラれた愛乃を益男は慰め、自分こそが相応《ふさわ》しい相手だとアピールもできたのである。

もともと愛乃のバージンをいただいたのは益男なのだ。彼女のほうも、こちらを憎からず思っているはず。

なのに、距離が思うように縮まっていないのは、男に懲りたからオナニーに生きるなんていう宣言をしたからだ。あれで愛乃は自らに枷《かせ》をはめてしまい、男と付き合うことができなくなっているかに見える。

要は、亜里沙が意地とプライドで愛乃を採用したのと同じこと。愛乃も負けず嫌いのようだから、自らが立てた方針を、そうやすやすと引っ込められないのではないか。

そういうわけで、親しく言葉を交わしても、どことなくわだかまりがある。進展させようにもうまくいかず、いかんともし難い状況だ。

(愛乃ちゃんと仲良くなれる、いい方法はないかなあ)

そんなことを考えていたある日、

「柿谷さん、ちょっといいですか?」

なんと、愛乃から声をかけられたのである。

「う、うん。なに?」

前のめり気味に訊ねると、彼女が気圧されたふうにからだを反らす。ちょっと焦りすぎたようだ。

「実は、社長からモニターを頼まれた試作品があるんですけど、改良点をまとめるのを手伝ってほしいんです」

「うん、いいよ。それって、どういうやつ？」

「……ここだとちょっとアレなので、ミーティングルームにお願いできますか？」

「うん、いいよ」

オフィスの一角に、会議やミーティングで使う小部屋がある。ふたりはそこへ入った。

丸テーブルとパイプ椅子しかないスペースは、商品の使用感を試すときにも使われる。ここで女子社員から射精に導かれたこともあるから、入るだけで益男の胸は高鳴った。

ましてて、愛乃とふたりっきりなのだから。

もっとも、彼女がモニターを頼まれたということは、女性用の商品なわけである。自分が気持ちよくしてもらえるわけではない。

（――て、何を考えてるんだよ）

妙な期待をするんじゃないと、自らを叱りつける。今はただ、愛乃の相談にのってあげればいいのだ。せっかく頼ってくれたのだから。

「それで、どんな試作品なの?」

「えと、これなんですけど」

大きめの紙袋から取り出されたものを見て、益男はギョッとした。

(な、生首!?)

猟奇的な想像をせずにいられないそれは、男の首から上を模したヘッドマネキンであった。しかも、髪の毛が生えて、本物みたいに見える精巧なもの。首のところに血糊でもつけて路地に置いておけば、すわバラバラ殺人かと大騒ぎになるのは確実という代物だ。

女性向けの商品ということで、かなりイケメンに作られている。ただ、長い舌をべろりとはみ出させているのが違和感たっぷりで、それゆえにどういう商品なのかも容易に見当がついた。

(これ……クンニ用のやつだよな)

猥雑な顔つきを思わずじっと見つめてしまうと、愛乃が気まずげに咳き払いをした。

「あ——えと、これって？」

取り繕って訊ねると、彼女は頬を赤らめて答えた。

「全自動クンニマシンです。商品名は『ナメ川ナメ夫』だそうです」

長寿アニメに登場する、いじめっ子の腰巾着的なキャラクターが、益男の脳裏に浮かんだ。名付けたのは、間違いなく社長の亜里沙だろう。口のかたちを三角形にしなかっただけ良心的かもしれない。

「全自動クンニマシン……これ、気持ちいいの？」

ついストレートに訊ねてしまうと、愛乃がうろたえて顔を赤らめた。モニターを頼まれたのだから使ったのは確実で、反応からして快感も得られたようである。

「えと……その点について報告をまとめなくちゃいけないんですけど、どんなふうに書けばいいのかよくわからなくて」

「そうだね。とりあえず重要なことは、岸部さんが感じたかどうかっていうことだけど、どうだったの？」

「え？　ど、どうって……」

言い淀んだ女子大生が、間もなく消え入りそうな声で、

「き、気持ちよかったです……」

と、泣きそうになって答える。恥じらいをあらわにした面持ちに、益男は無性にゾクゾクした。もっと露骨な質問をしたくなる。

「てことは、イッたの？」

「ええっ!?　あ——はい……イキました」

生首そっくりの機器を股間に置き、はしたなく昇りつめる女子大生の痴態を想像して、頭の芯が絞られるほどに昂奮する。思わずナマ唾を飲んだのと同時に、ペニスがビクンとしゃくりあげた。そこはいつの間にか、八割がた勃起していた。

おかげで、益男は気まずさを覚えた。これは仕事なんだと自らに言い聞かせ、試作品について質問をする。

「これ、全自動ってことだけど、じっとしているだけで気持ちいいところを舐めてくれるの？」

「いえ、さすがにそこまでは……舐めてもらいたいところは、自分で腰を動かして調節します」

だったら全自動ではないじゃないか。商品名が誇大ではないかと思ったものの、考えてみれば全自動洗濯機だって、自分で洗濯物を入れたり干したりするわけではない。

「ただ、イキそうになると、センサーが体温や腰の動きから察知して、舌が激しく動くようになってます」

なかなか優れもののようだ。そこまでできるのであれば、全自動と呼んでも差し支えないだろう。

「そうすると、機能はちゃんと果たしてるみたいだね。胸の前に置けば乳首も舐めてもらえるわけだし、好きなひとはおしりの穴も――」

そこまで言うなり、愛乃が狼狽する。どうやらアヌスも舐めさせたらしい。

(あのとき、おれが舐めたから、クセになっちゃったのかな?)

そんなことを考えて、不意に閃く。彼女にどうアドバイスすればいいのかが。

「あとは改良点をまとめればいいわけだけど、それには岸部さんが、理想のクンニを知っておく必要があると思うんだ」

「え、理想の?」

「つまり、こうされるのが気持ちいいっていう、最高の舐められ方だよ。あとはそれとマシンの舌づかいを比較すれば、改良するところが見えてくるはずだよ」

愛乃がなるほどというふうにうなずく。しかし、即座に首をかしげた。

「だけど、理想のクンニなんてどうすれば……?」

その疑問は当然だろう。益男はすかさず答えた。

「それなら、おれがしてあげるよ」

「え？」

「おれが、岸部さんの望むように舐めてあげるよ。そうすれば、どこをどう舐められるのが気持ちいいのかわかるだろ？」

この提案に、彼女はさすがに逡巡を示した。もちろん恥ずかしいのであろうが、一方で抗い難いものを感じたのも事実のよう。

なぜなら、瞳が怪しくきらめいたからだ。

「で、でも……」

ためらいも、かたちだけのものに感じられる。

「遠慮しなくてもいいよ。このあいだもおれのクンニで岸部さんはイッたんだし、たぶんいいようにしてあげられると思うんだ」

すでにしていることを持ち出すと、愛乃は気が楽になったようである。

「そうですね……それじゃ、お願いしてもいいですか？」

「うん、もちろん」

笑顔で答えると、彼女ははにかんで白い歯をこぼした。

2

「うう……やっぱり恥ずかしい」

愛乃が涙目でつぶやく。頬がリンゴみたいに真っ赤だ。

恥ずかしがるのも無理はない。彼女は下半身の衣類をすべて脱ぎ、会議用の丸テーブルに尻を据え、脚をM字に開いていたのである。おまけに、両手を後ろにつき、上半身をわずかに反らせて。

そうして、椅子に座った益男のすぐ目の前に、秘苑を晒していたのだ。

初体験のときも含めて、愛乃はすでに二度ほどそこを見せている。けれど、まだ大人の女になって日の浅い女子大生には、羞恥に身をよじりたくなる状況に違いない。ここが真っ昼間のオフィスの一角であることも含めて。

益男のほうも、彼女のそこを目にするのは初めてではないのに、目眩を起こしそうなほど昂ぶっていた。同じ場所で、他の女子社員が似たようなポーズをとり、商品の使用感をチェックする場面を見たことだってあるのに。まあ、そのときには、ここまで接近していなかったが。

やはり愛乃は、益男にとって特別な存在なのだ。大好きな女の子であり、純潔を捧げてくれたひと。今も清らかな秘割れを目の当たりにして、心臓が壊れそうなほど高鳴っている。

（濡れてる……）

肉唇の合わせ目がきらめいている。羞恥に涙ぐみながらも、肉体は快感を欲しているのか。

「それじゃ、舐めるからね」

震える声で告げ、中心部分に顔を寄せる。蒸れた汗にチーズをまぶしたような独特の香気が、鼻腔を悩ましくさせた。

（愛乃ちゃんの匂いだ……）

小鼻をふくらませ、深々と吸い込んでしまう。

「……あの」

戸惑いを含んだ声にドキッとする。見あげると、愛乃が潤んだ眼差しをこちらに向けていた。

「え、なに？」

「……わたしのそこ、本当にくさくないんですか？」

大学の講義が終わったあとにここへ来た愛乃の恥芯は、日常生活を送った証しの、素直な秘臭をくゆらせていた。たち昇るそれを、彼女も嗅いでいるのかもしれない。

「くさくない。本当だよ」

その言葉が嘘でないことを示すために、益男はうっとりした面持ちで漂うものを吸い込んだ。

「これって、おれにとっては世界一いい匂いなんだ」

言ってから、さすがに大袈裟だったかなと反省する。愛乃もちょっとあきれたふうに眉根を寄せた。

「……ヘンタイ」

小声でなじり、クスンと鼻をすする。益男は「ごめん」と謝った。

「だけど、好きな匂いだっていうのは本当なんだ」

「わ、わかりましたから、早く――」

居たたまれなくなったらしく、口淫愛撫を急かす女子大生。赤く色づいた美唇も、おねだりするみたいに収縮した。

「わかった」

益男は秘肉の裂け目に唇を寄せ、舌を出した。ちょっと考えてから、まずはぷっくりした外側の部分から舐める。

「くうう」

愛乃が切なげに呻き、内腿をピクピクと痙攣させる。産毛が濃くなった程度の秘毛が疎らに萌えるそこも、舐められると快いらしい。

左右の大陰唇に満遍なく舌を這わせてから、益男は「どんな感じ?」と感想を求めた。

「ん……気持ちいいっていうか、何だかゾクッとする感じです」

そう答えた彼女の息づかいは、心なしかはずんでいた。はっきりした快感が得られるわけではなく、舐められる行為そのものにあやしい悦びを覚えるのではないか。

それゆえに、昂ぶりを誘発する効果はありそうだ。なぜなら、恥裂の合わせ目が、さっきまで以上に濡れきらめいていたからである。

むわ——。

女陰臭も蒸れた趣《おもむき》を増し、いっそう濃厚になった。

(うう、たまらない)

愛しい女の子の、恥ずかしい蜜を味わいたい。欲望が高まり、益男は恥ミゾの中心に口をつけた。舌を裂け目に差し込み、抉るように舐めあげる。

「あひッ」

愛乃が鋭い嬌声を上げ、上半身を大きく反らせた。

(美味しい……愛乃ちゃんの味だ)

粘っこい蜜汁が舌に絡む。それはほのかに甘く、わずかに汗の塩気が含まれていた。唾液に混ざるとたちまち味が消えてしまうけれど、益男にとってはこの上なく甘露なものであった。

「あ、あ、そんな――くうう、あ、いやぁ」

ピチャピチャと音が立つほどにねぶりまくると、艶声が小部屋に反響する。それは外のオフィスにも聞こえているはずだ。

けれど、この場所でオナニー用品の具合を試すのは、日常的に行なわれている。益男もそういう声を何度も聞いたし、みんな慣れっこなのだ。というより、毎日のオナニータイムで聞き飽きているとも言える。

だからこそ、益男は遠慮なく舌を律動させた。

「あうう、き、気持ちいい……う、あああッ」

嬌声がいよいよ切羽詰まったものになる。このままイカせてあげようと、益男は鼻息を荒くしてクンニリングスに没頭した。しかし、

「ちょ、ちょっと待ってください。ストップ――」

焦った声で制止されてハッとする。どうしてこんなことを始めたのか、その目的を思い出したのだ。

「あ、ごめん」

慌てて口をはずすと、愛乃がハァハァと呼吸をはずませる。かなり高まっていたようだ。

それでも、どうにか気分を落ち着かせると、涙目で愛らしく睨んできた。

「さ、最初から激しくしすぎです。徐々に盛りあがっていくようにしてもらわないと」

要望を述べ、うろたえ気味に頬を赤らめる。あからさまなお願いだったと悟ったらしい。

「そうだね。ごめん。やりすぎた」

素直に謝ると、彼女は安堵の表情を見せた。

「じゃあ、今度は舐める場所も変えて、ゆっくりしてあげるよ」

「あ、はい」

「ここ、開いてもいい？」

ぷっくりした大陰唇に指を添えて訊ねると、「はい……」と恥じらいの返事が返される。

「それじゃ——」

あどけない割れ目をくつろげると、ピンク色にヌメった粘膜の淵が現れた。下側にある小さな洞窟が、呼吸に合わせて見え隠れする。

（……おれ、ここにチ○ポを挿れたんだ）

猛る牡を受け入れたとは信じられない、可憐な秘穴。

（うう、挿れたい）

甘美な締めつけを思い返し、からだが熱くなる。股間の分身もそうしてくれとねだるみたいにしゃくり上げた。

しかし、今はクンニリングスに徹しなければならない。

内側に隠れていた二枚の花弁は、端っこがほんのりとセピア色に染まっている。

益男は舌を尖らせると、その色づいたところを辿るように舐めた。

「ひッ」

くすぐったそうな声が聞こえ、テーブルの上のヒップが少し浮きあがる。そこも快さそうなので、左右とも丁寧に舌を這わせた。

「う……あ、はあ――」

発育の余地が充分にある下半身が、色めいてわななく。見ると、絶え間なく収縮する膣口が、白っぽい愛液をこぼしていた。

（よし、感じてるぞ）

ならば、ここはどうだろうと、花弁と大陰唇のあいだのミゾをあらわにする。そこにはちょっぴりだけ、白いカス状のものがあった。

（これも恥垢なのかな？）

胸をあやしくときめかせながら、ミゾの部分にも尖らせた舌先を這わせる。

「あああッ！」

ひときわ大きな嬌声があがり、腰がガクガクと上下した。かなり感じるポイントのようだ。

（へえ、こんなところが）

意外でありながらも、派手な反応に俄然やる気になる。狭いミゾを左右交互に舐めると、愛乃はますます乱れだした。

「あ、はひッ、そ、そこ——あああ、ど、どぉしてぇ」

そこが性感帯であるのは、彼女にとっても未知のことだったらしい。呼吸もハッハッと荒くなった。

「ちょ、ちょっとストップ」

またも制止して、胸を大きく上下させる。目が焦点を失い、蕩けた面持ちを見せていた。

「ここ、感じるみたいだね」

告げると、愛乃が小さくうなずく。ようやく人心地がついたかのように、ふうと息を吐いた。

「今みたいに舐められると、いい感じ？」

益男の質問にうなずいた彼女は、ちょっと考え込む表情を見せた。

「えと……両側を同時にされたら、もっといいかもしれないです」

「いや、さすがにそれは無理だって」

文字通り二枚舌でもない限り、そんな芸当ができるはずない。

「あ、でも、あのマシンの舌を二股にすれば可能ですよね」

「蛇みたいに？　まあ、見た目を気にしなければね」

「だったら、そういう機能をつければいいんです。今のところを舐めてもらいたいときには、舌が二股になるように」

「んー、だったらいっそのこと三つに分かれて、真ん中のところも同時に舐めてもらえるようにするとか」

この提案に、愛乃が瞳をきらめかせる。そんなふうにされたら、きっと気持ちいいに違いないと思ったようだ。

(けっこうエッチなんだな)

処女を卒業したことで、大胆になった部分もあるのではないか。だったら、もっと感じさせたいと益男は思った。

「じゃあ、他のところも試してみよう」

「あ、はい」

「ええと、膝を抱えて寝転がってもらえるかな」

「え？　はい……」

戸惑いながらも、彼女はテーブルの上で仰向けになり、おしめを替えられる赤ん坊のポーズをとった。それによって秘苑のみならず、可憐なアヌスもまる見えになる。

けれど、この段階ではどこを舐められるのか、愛乃は悟っていなかったようである。

「じゃ、舐めるよ」

益男が顔を寄せ、鼻息がその部分にかかったことで、ようやく察したらしい。

「え、ど、どこを舐めるんですか⁉」

焦った声での問いかけに、益男は「おしりの穴だよ」とストレートに答えた。

「そ、そこはダメです」

「どうして？　このあいだも舐めたじゃない。岸部さん、けっこう感じてたみたいだけど」

「それは……で、でも」

愛乃は明らかに狼狽している。その理由を、益男はちゃんとわかっていた。なぜなら、鼻を寄せただけで、香ばしい発酵臭を嗅いだからだ。

（大学で大きいほうの用を足したんだな）

彼女はそのことを思い出したのだろう。

大学のトイレには、洗浄器が完備されていないようである。おかげで、この上なく貴重なプライベート臭を堪能できる。可愛らしい女子大生の、究極に恥ずかしい匂いを。

「そ、そこ、汚れてるんです。だから――」

涙声で訴え、秘めやかなツボミを忙しくすぼめる。そんなしぐさにも、胸がきゅんとなった。

「だいじょうぶだよ。おれは気にしないから」

「わ、わたしは気にするんですっ」

「いいから、いいから」

逃げられる前にと、益男はピンク色のアヌスにくちづけた。

「あ、ダメ――」

腰をよじって逃れようとした愛乃であったが、舌が放射状のツボミをひと掃きしただけで腰砕けとなる。

「くぅーン」

子犬みたいに啼いて、内腿をピクピクさせる。やはりここも性感ポイントなのだ。

なおもチロチロと舐めくすぐれば、愛乃は悩ましげに秘肛を収縮させた。

「ああ、い、いいんですか？　そこ、ホントに汚れてるんですよ」

申し訳なさそうにしながらも、快感には抗えないふう。呼吸をはずませ、臀部をピクピクと震わせた。

益男は放射状のシワを一本一本辿ったり、尖らせた舌先で中心をほじったりと、思いつくままの舌技を施した。どうされるのが快いのか、彼女に判断させるために。

ただ、アヌスはどこも似たような反応で、大きな違いはなさそうだった。

「う——あ、ああッ、も、もう」

次に移ってほしいと言いたげなよがり声に、益男はいったんツボミから舌をはずした。すると、愛乃が力尽きたふうに、掲げていた脚をおろす。

「はあ、ハァ——」

呼吸をはずませ、下腹を波打たせる。絶頂はしていないと思うのだが、それに近い反応だ。

(本当におしりの穴が感じるんだな)

唾液に濡れて赤みを増したそこは、舌がはずされたあとも悩ましげにすぼまっている。さらに、真上の恥唇は多量の蜜をこぼし、粘っこいそれが会陰をべっとりと濡らしていた。

淫らな眺めに劣情が煽られる。益男のほうも多量の先走り液を溢れさせ、亀頭と下腹がヌルヌルとこすれあうのがわかった。

もちろん、これで終わりではない。

秘割れの上部、わずかにはみ出したフード状の包皮をめくると、桃色の小さな真珠が現れた。

プン——。

スモークチーズに似た芳香が漂う。その源泉は、真珠の裾野に付着した白いものだろう。

(ここにも恥垢があるぞ)

もしかしたら、普段からしっかり洗えてないのではないか。初めてのときにも、愛乃の恥割れ内にカス状のものがあったのだ。

もっとも、可愛い女の子の秘密を暴き、益男にとっては嬉しい限りである。小鼻をふくらませてかぐわしさを吸い込んだのち、敏感な尖りに口をつける。

「きゃふぅううーんっ!」

甲高い艶声が、会議スペースに響き渡った。

3

益男が社長室に呼ばれたのは、このたび発売され全自動クンニマシン「ナメ川ナメ夫」が好評を博していると聞かされて、間もなくのことであった。亜里沙も開口一番、そのことを話題にした。

「結局、何がよかったって言ったら、岸部さんのレポートが役に立ったのよ。あれで改良したところが、特に好評だったから」

女社長が笑顔で話す。益男も嬉しくなった。協力した甲斐があったと思ったのだ。

ところが、

「アルバイトの子が、そこまでの成果をあげてくれたのよ。いちおう正社員のあなたは、我が社に利益をもたらしてくれたことがあったかしら?」

彼女は「いちおう」という言葉をやけに強調した。明らかに厭味《いやみ》である。

(だけど、おれの仕事は男性用の使い心地に関することだし、できることなんて限られてるから——)

ハニートラップは、あくまでも女性向けのオナニー用品を開発する会社である。男性用は、カップルで使用するための付随的なものでしかない。

よって、益男はもともとメインからはずれたところにいるわけである。いくらアルバイトでも、社の主要製品に携わる愛乃が成果を上げられるのは、当然と言えた。

それに、もうひとつ不満がある。

(だいたい、愛乃ちゃんがレポートをまとめられたのは、おれが協力したからなのに)

そう反論しようとして、益男が口をつぐんだのは、愛乃の手柄を横取りする気がしたからだ。そんなことで自分を認めてもらいたいとは思わなかった。

ただ、彼女がそのことを亜里沙に話してくれなかったのかと、不満を覚えなかったわけではない。

(まあ、恥ずかしかったのかもしれないしな)

何しろ、レポートをまとめるためとは言え、オフィスのミーティングルームで益男にクンニリングスをされたのだから。アヌスまで舐められた挙げ句、クリトリスを責められて絶頂したのである。

あのとき、これで愛乃ともっと親しくなれるのではないかと、益男は期待した。お返しにフェラチオをしてもらいたいなんて、不埒な願いも抱いたのである。

けれど、彼女は終わったあと、お礼こそ述べてくれたものの、それ以上のサービスは皆無だった。益男はかなりがっかりした。

ともあれ、亜里沙のお説教は不本意ではあったが、ここはごもっともと拝聴するしかない。

「はあ……これから頑張ります」

殊勝に頭を下げると、女社長が「そうね」とうなずく。

「じゃあ、さっそくやってもらいたいことがあるんだけど、いいかしら？」

「あ、はい。何でしょうか？」

「これとこれを試してほしいの」

そう言って彼女が取り出したのは、ふたつのオナホであった。

ひとつは見覚えがある。ここに来て最初に使われ、あっ気なく爆発してしまった特殊素材のものだ。外部の圧力がそのまま内部に伝わるという優れもの。

もうひとつは、見た感じごくオーソドックスなオナホのようである。かつて愛用していた、隣の人妻と愛撫を交わすきっかけになったものに似ている気がした。

「こちらが新商品なんですか?」

初めて見せられたほうを指差して訊ねると、亜里沙が「そうよ」と答えた。

「まあ、カップルで使うっていうよりも、男性がひとりで使用するものね。ウチもそろそろノウハウを生かして、そっちの分野にも手を広げようかって思ってるのよ」

それなら、これからは出番や役割が増えるかもしれない。それはいいと思いかけた益男であったが、

(待てよ)

と、疑念が頭をもたげる。

男性用のオナホも開発するとなると、自分以外にも男性スタッフを採用することになるのではないか。そうなると、女性の中にただひとりの男というパラダイス状況ではなくなってしまう。

そして、毎日の楽しみであるオナニータイムも、もしかしたらなくなるかもしれない。男がひとりだけならまだしも、何人もいたら女子社員たちも躊躇するだろう。たとえ男性スタッフも一緒にオナニーをするのだとしても。

そう考えると、あまり歓迎できる状況ではない。さりとて、新人の自分が会社

の方針に口を挟めるはずもなかった。

（だけど、この会社に男が増えたら、愛乃ちゃんがそっちになびいちゃうかもしれないし……）

それが最も心配な点だ。

彼女にとっては初めての男。この社長室でも淫らな行為に耽り、相談に乗られてクンニリングスまでした。

愛乃とはかなり親密だと自負しているものの、付き合っているわけではない。童貞を卒業してからそれほど経っていないし、男としての魅力がどれほどのものかということに関しては、益男は今ひとつ自信がなかった。

それゆえに、いい男が現れたら、そいつのものになってしまうのではないかと思わずにいられなかった。

（オナニーに生きるなんて言ったけど、一生男と付き合わないなんてことはないんだろうし、ほとぼりが冷めたら、案外簡単に彼氏を作っちゃうんじゃないか？）

そんなことも考えて、ますますすっきりしない気分に陥る。だが、亜里沙はこちらの内心などおかまいなく、

「じゃ、下を脱いで、そこに寝てちょうだい」

益男に指示をし、ソファーのほうを顎でしゃくった。

「わかりました……」

気乗りしないものだから、のろのろとズボンとブリーフを脱ぐ。けれど、

「ほら、早くしなさい」

強い口調で言われ、ハッとして我に返った。

（いけない。これも仕事なんだぞ）

いい加減なことをしていたら、クビにされてしまう。

益男は気を引き締め、三人掛けのソファーに横たわった。ところが、亜里沙が苦虫を嚙みつぶした顔を見せる。

「なによ、勃ってないじゃない」

相変わらず、ペニスがエレクトしていないのが不満なのだ。

「あ、えと、顔に座っていただけたら、すぐに」

「またそんなことしなくちゃいけないの？」

ぶつぶつこぼしながらも、彼女はソファーの脇に立った。タイトミニがはち切れそうなヒップを向けて。

（ああ、素敵だ……）

脱いでなくても熟れた風情を漂わせる丸みを目にしただけで、海綿体が血液を集める気配がある。タイトミニがそろそろとたくし上げられ、今日は黒いパンストを穿いた豊臀があらわになったところで、ペニスは八割方勃起した。

「あら、もう勃っちゃったの？　そんなにわたしのおしりが気に入ったのかしら」

亜里沙が悪戯っぽく目を細め、パンスト尻をぷりぷりと左右に振る。黒いナイロンに透けるのは、バック全体がレースという大人っぽいパンティだ。

「これなら、顔に座らなくてもいいんじゃない？」

焦らすように言われ、益男はぶんぶんと首を横に振った。

「い、いいえ、是非座ってください。でないと、オナホにチ○ポを挿れられないと思います」

「そんなことなさそうだけど」

黒パンストの誘惑で、分身はほぼ九十九パーセントの勃ち具合。筋張った肉胴には血管が浮いている。

「ま、せっかくだから、座ってあげるわよ」

言うなり、女社長の豊臀が目の前に迫る。

「むうううー」

久しぶりに人間ソファーにされ、益男は歓喜の呻きをあげた。まだ始業からそれほど経っていないのだが、彼女のそこはすでに淫靡な臭気をこもらせていたのである。

（ああ、すごい）

熟成された感のある秘臭に、頭がクラクラする。当然ながら、肉根は限界を超える力を漲らせた。

完全勃起したものの、まだまだ魅惑の熟れ尻と密着していたかった。匂いを嗅ぎたかったばかりでなく、パンスト尻のザラッとした肌ざわりと、もっちりした重みにも心を奪われていたのだ。

ところが、目的を果たせばそれでおしまいとばかりに、亜里沙はさっさと腰を浮かせてしまった。

「ご褒美はここまで。これからはお仕事タイムよ」

目を細めた艶っぽい笑みに、もっとしてくれればいいのにと不満が募る。しかし、社長に口答えできるはずがない。

と、彼女が何か思い出したらしく、「あ、そうそう」と両手を合わせる。タイトミニを直しながらデスクに引き返し、再び戻って来たときには、手にアイマスクを持っていた。

「これを着けてちょうだい」

「え、どうしてですか?」

「あなたには、どちらが気持ちいいのかを見極めてもらうの。まあ、どっちがどれっていうのは、すぐにわかると思うんだけど、よりいいものを判定するとなると、かなり神経を研ぎ澄まさなくちゃいけないわ。それには目隠しをするのが一番いいのよ」

たしかに何も見えないほうが、得ている感覚を味わいやすいだろう。

「わかりました」

益男はアイマスクをして、仰向けの姿勢になった。

「じゃあ、最初に、このあいだのオナホからね」

そう言ったものの、すぐに使われる様子がない。ホールにローションを垂らしているのかなと考えていると、太腿を跨いで座られた。

(え?)

心臓の鼓動が高鳴る。ふれあうものが、明らかに素肌だったからだ。どうやら下半身をすべて脱いでから乗ってきたらしい。

「このほうが気分が出るでしょ?」

含み笑いの亜里沙の声。ここまでしてくれるのなら、さっきの顔面騎乗を長くやってほしかったなと、益男は思った。

もっとも、見えないとはいえ、あられもない姿の女性と密着するのは嬉しいもの。ペニスもはしゃぐみたいにビクンビクンと頭を振った。

「それじゃ、するわよ」

そそり立つ分身の切っ先に、柔らかなものが当たる。ローションで潤滑されているようで、入り口部分がヌルヌルしている感触があった。

そして、なめらかな穴にペニスがもぐり込む。

「ううう」

益男は呻いて腰を震わせた。内部に凹凸がなくても、柔らかな素材に包まれることで快感が生じたのだ。入り口がキツく締まっているのもたまらない。

「動かすわよ」

亜里沙が握りを強める。途端に、ホール内部に変化が起きた。彼女の指を立体コピーした柔らか素材が、肉根をぬちゅぬちゅと摩擦することで、快さが爆発的にふくれあがる。

「うあ、あ、くううう」

とてもじっとしていられず、益男は両脚を交互に曲げ伸ばしした。

(やっぱりこれ、気持ちいい……)

あのあとも、女子社員を相手に何度か試されたが、その度に長く堪えられず精液を噴きあげたのだ。

「ふふ、かなり感じてるみたいね」

満足げにつぶやいた女社長は、十往復もしないうちにオナホをはずした。それ以上は危険だと判断したのだろう。

「次は、新製品のほうね」

彼女が腰を浮かせる。前に進み、勃起の真上まで移動したようだ。構造的に、その位置でないと挿れにくいのか。

「じゃあ、どっちがより気持ちいいか、しっかり判定しなさい」

命令に続き、天井を向かされた亀頭の尖端に、ぷにっとしたものが当たる。

(これが新商品の入り口部分か)

最初のものと感触の違いはよくわからないが、こちらのほうが温かい感じだ。素材が熱を持っているのか、あるいはローションが温感タイプなのか。

その印象は、柔穴にずむずむと入ったあとも変わらなかった。内部も温かだったのである。

「むうぅ」

呻きがこぼれる。こちらは内部に細やかな加工が施されており、蕩けるような悦びが体内にじんわりと広がった。

(あ、こっちもいい)

胸が熱くなる豊かな快さに、腰がブルッと震える。

「じゃあ、動かすわよ」

屹立にまといつくものが、くちくちと短いストロークで上下する。こちらも非貫通タイプのようだが、穴がそれほど深くないのだろうか。根元までしっかり挿れてほしいのに、三分の二ぐらいのところまでしか締めつけを浴びていなかった。

(うう、もっと)

欲望のままに腰を突きあげると、向こうが逃げる。ひょっとして、焦らしているのだろうか。

しかし、もどかしいにもかかわらず、快感はぐんぐん高まるのだ。

「ねえ、どっちが気持ちいいの？」

亜里沙の問いかけに、益男はほんの数秒考えただけで、結論を告げた。

「今のほうが気持ちいいです」

「え、どうして？」

「チ〇ポが全部入っていなくても、こっちのほうが包み込まれてる感じがするんです。全体にキュッて締まってるのと、中のヒダヒダがまつわりついてるから。なんか、ホントにセックスしているみたいです」

「なるほどね」

納得したふうな相槌に続き、「じゃ、目隠しを取っていいわよ」と言われる。

「わかりました」

益男はアイマスクをはずした。だが、ペニスに被さっているオナホールを確認しようとして、目が点になる。

（え？）

そこにあったのは、いや、いたのは、オナホではなくナマ身の女性だった。しかも、素っ裸の。さらに言えば、亜里沙でもなかった。

「き、岸部さん」

騎乗位で益男と繋がっていたのは、愛乃だったのである。最初から全裸でどこかに隠れており、こちらがアイマスクをしてすぐに亜里沙と入れ替わったらしい。

「よかったわね、岸部さん。柿谷は、オナホよりもあなたのオマ○コのほうが気持ちいいんですって」

ソファーの脇に立った女社長は、ニヤニヤと思わせぶりな笑みを浮かべている。

「やだ……」

愛乃が恥じらって目を伏せる。そして、浮かせ気味だった腰を完全におろした。ぬむん——。

強ばりのすべてが温かな蜜壺にはまり、益男はのけ反って「おお」と声をあげた。快感が高まり、危うく爆発しそうになる。

(だけど、いったいどうして?)

悦びにひたりつつも混乱する益男に、亜里沙が説明する。

「岸部さんが、自分のオマ○コで型を取って、オナホールを作ってほしいって言ってきたの。そうすれば絶対に気持ちいいからって。セックスの経験もあまりなさそうなのに、どこからその自信が来るのかわからなかったけど、なんなら比較テストをしてもらいたいって。だから柿谷を巻き込んだのよ」

そういうことかと納得しつつ、益男は戸惑いを隠せなかった。愛乃がどうしてそこまで自信満々だったのか、さっぱりわからなかったからだ。

「じゃあ、愛乃ちゃ——岸辺さんのアソコで型をとって、オナホを作るんですか？」

この問いかけに、亜里沙は「まさか」と一笑に付した。

「ウチはあくまでも女性の豊かなオナニーライフのために商品を作るの。男性用はあくまでも付録よ」

そうすると、男性用の分野にも手を広げると言ったのは、こういう展開に持っていくためのでまかせだったのか。

「それに、岸部さんの目的は、自分のオナホを作ることじゃないの。今わかったわ。彼女は柿谷のための、最高のオナホになりたいのね」

「え、おれのため？」

きょとんとした益男に、亜里沙が眉をひそめる。まるで、《鈍いわね》となじるみたいに。

「だからこれは、彼女にとって賭けだったのよ。だって、もしも柿谷がオナホのほうを選んだら、要は負けっていうことになるわけだから」

言われて、益男は愛乃の顔を見た。恥じらいで頬を染めているものの、瞳には強い意志が宿っている。

（つまり、愛乃ちゃんはおれのことを――）

だったら、普通に告白すればいいのにと思うものの、そうはいかなかったのだろう。なぜなら、恋愛とは無縁の初体験から始まり、好きだった男に酷いことを言われて傷つき、もう男なんか懲り懲りだと思うまでになったのだ。しかもオナニーに生きるとまで宣言したあとで、今さら普通の恋愛の手順を踏めるはずがなかった。

けれど、彼女がこんな遠回しな手立てを講じたのは、益男の責任でもある。

（おれのほうから好きだって告白すれば、愛乃ちゃんはここまで苦しまずに済んだんだ……）

童貞を卒業しても、昔のまま臆病な自分に嫌気がさす。しかし、これから変わらなくちゃいけない。

「あの……わたしを柿谷さんのオナホにしていただけますか？」

愛乃が怖ず怖ずと申し出る。益男はくっと奥歯を嚙み締めると、首を横に振った。

「オナホなんて駄目だ」

「え？」

「おれは愛乃ちゃんと、普通のお付き合いがしたい。だって、おれはもうずっと前から、愛乃ちゃんが大好きなんだから」

思い切って告白すると、彼女の顔がくしゃっと歪む。潤んだ目から、涙がポロポロとこぼれ落ちた。

「愛乃ちゃん、おれと付き合ってください」

「はい……こんなわたしでよかったら」

「やれやれ、ごちそうさま」

亜里沙がやってられないというふうに肩をすくめる。

「あなたたち、お似合いのカップルよ。これからもふたりで頑張って、ウチの会社に利益をもたらしてちょうだい」

彼女はその場から離れた。戸口で振り返り、

「ちょっとのあいだだけ、部屋を貸してあげるわ。しっかりハメてもらいなさい」

品のない言葉を残して社長室を出ていく。

「愛乃ちゃん」

「柿た……益男さん」

若い恋人同士が見つめ合う。感極まったふうに抱き合い、唇を重ねた。

それはふたりの、初めてのくちづけであった。

＊「東京スポーツ」連載「オナホ長者」に大幅加筆し、改題。
文中に登場する団体、個人、商品名などはすべて実在のものとはいっさい関係ありません。

二見文庫

理想《りそう》の玩具《がんぐ》

著者　橘《たちばな》　真児《しんじ》

発行所　株式会社 二見書房
東京都千代田区三崎町2-18-11
電話　03(3515)2311［営業］
　　　03(3515)2313［編集］
振替　00170-4-2639

印刷　株式会社 堀内印刷所
製本　株式会社 村上製本所

ISBN978-4-576-15072-7
http://www.futami.co.jp/

二見文庫の既刊本

診てあげる 誘惑クリニック

TACHIBANA,Shinji
橘 真児

会社の指示で、人間ドックを受診することになった健太郎。その病院の検査担当は美人が多く、しかも親身に接してくれるものだからドキドキの連続。心電図では吸盤を付けるときに肌を撫でられ、超音波検査でも暗い密室で女医と二人きり。ローションをいやらしい手つきで塗り広げられ、そのまま「触診」を……。

人気作家による書下し白衣官能!

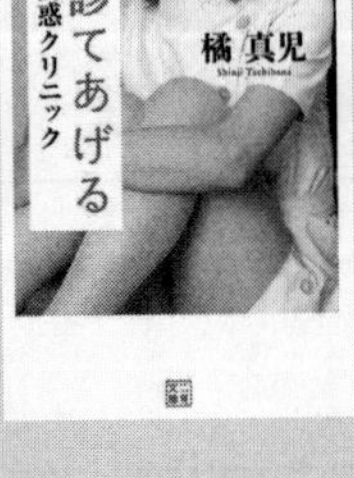